20.—

LYDIA WINTERSTEIN

DES TEUFELS KARREN

KONFRONTATION AG
ZÜRICH
1980

Lydia Winterstein
DES TEUFELS KARREN

1980
Herausgeber: Konfrontation AG/SA
Zuerich
Druck: Printing Press, Nahariya
C Copiright by Lydia Winterstein, Haifa
ISBN: 3 8577 00 70 X

Printed in Israel

VORWORT

Viele Bücher sind erschienen, die eine Epoche der Willkür und Unterdrückung in den kommunistischen Ländern beschreiben. Es sind Werke, die die Regime als solche schildern, andere, die die Erlebnisse in den Gefängnissen und Arbeitslagern beschreiben, manche befassen sich mit der Philosophie oder herrschenden Ideologie.

Doch dieses Werk ist ein Tatsachenbericht über die Erlebnisse einer Frau, die als Gattin eines Häftlings ihren Kalvarienweg gehen musste. Mit dokumentarischer Präzision beschreibt sie das innere Leben einer Frau als Widerspiegelung der Gegebenheiten jener Epoche.

Der Wert der Erzählung, des Berichtes, des Manifestes, oder wie man die Arbeit auch nennen mag, liegt in der Wiedergabe des Erlebten, Gedachten und Erduldeten in ihrer wahren Gestalt, ohne auch nur das Geringste hinzugedichtet zu haben. Man muss nicht suchen, wo die Realität aufhört und dichterische Freiheit beginnt. Alles ist wahr, sogar die Namen sind echt.

Die Autorin ist meine Frau, deshalb obliegt es mir nicht, eine Wertung des Werkes vorzunehmen. Das muss ich dem Leser überlassen.

Von ihm wird nur eines verlangt: Die Zusammenhänge zu erfassen, sie komplex zu deuten, sich in die junge Seele einer verfolgten Frau einzuleben und aus dem Erlebten Schlüsse zu ziehen.

Haifa, Mai 1978   Dr. L. Winterstein

I.

Ich stand, als wollte ich hier in aller Ewigkeit verharren. Ich rührte mich nicht vom Platz, ich weiss nicht worauf ich gewartet und woran ich gedacht hatte. War es denn möglich, dass einem lebenden und denkenden Menschen Gedanken ausblieben, oder dass sie das Bewusstsein erfassten, ohne wahrgenommen zu werden?

Ich fühlte eine unendliche Leere in mir, als mir mein Bewusstsein allmählich zurückkehrte, und ich weiss nicht, wie lange ich so gestanden und was ich in diesem Zustand unternommen hatte. Das waren Augenblicke, die, als Abwehr vielleicht, zum Wohle des Menschen die Gedankenwelt ausschalten, um sie dann aufblenden zu lassen, wenn man abermals etwas zu unternehmen gezwungen wird.

Telephonieren wollte ich nicht. Vielleicht hörte man auch diesen Apparat ab. Ich hatte auch eine geheime Angst, dass der Empfänger nicht mehr antworten werde, denn vielleicht ging auch er den Weg meines Mannes. Ich fürchtete das Ungewisse, ich schreckte vor der Möglichkeit zurück, auf der anderen Seite nicht gehört zu werden. Denn gegen mutwillige Entführungen durch kommunistische Machtorgane war auch mein Freund am anderen Ende des Drahtes nicht gefeit.

Kein Tag verging ohne einen neuen Namen auf der Liste der Verhafteten gefunden zu haben. Wahllos, so schien es mir, hackte die Sense der Todespartei in die Mitte ehrwürdiger Familien, um die Tränen in eine Flut umzugestalten.

Doch nicht wahllos raubte man die Freiheit, ein mir damals noch unbekanntes System bestand schon. Nicht die politische Einstellung war ausschlaggebend, denn man holte sich auch Kommunisten, die für ihre Ideale auf den Scheiterhaufen zu gehen bereit gewesen waren, Kämpfer, die für die Verwirklichung ihrer Vorstellungen in die baskischen Täler, die Internationale singend, zogen.

Anfangs waren wir ganz desorientiert. Wen suchen sie? Was ist eigentlich geschehen? Wer ist ein Verräter, wer der Schuldige?

Ja, und was ist eigentlich die Schuld? Hatten denn die Betroffenen etwas getan, was gegen ein Gesetz verstiess?

War denn das möglich?

Sicherlich hatte man etwas entdeckt, was uns bis jetzt ganz unbekannt war. Denn es widersprach ja jedem Recht und der Moral, auch wenn sie sozialistisch war, zu solchen Massnahmen zu greifen, ohne dass eine Basis für das Vorgehen gefunden worden wäre.

So dachten wir, solange es um Menschen ging, die wir nicht kannten, denn bei Unbekannten kann man sich so manches vorstellen, ohne allzusehr mitgenommen zu werden. Bei Leuten, die unserer Urteilskraft direkt entzogen sind, ist man bereit, zur Beruhigung des eigenen Wohlseins, sich auf die Seite des Stärkeren zu stellen, denn so ist es bequem.

Und was, wenn sie doch etwas verschuldet hatten? Aber worum ging es denn dann? Vielleicht gingen sie ihrer eigenen Gedankenwelt nach. Vielleicht waren sie zu frei im Denken, denn hier war auch das ein Vergehen, ein Verbrechen war es sogar.

Selbständig zu denken? Auch unausgesprochene, unkontrollierte Ideen könnten Gestalt annehmen und zur grossen Gefahr werden. Nur Gedanken, entsprungen dem Gehirn eines mithüpfenden Wesens, dessen Ideenwelt die Barriere des Eingepaukten nicht überwinden mag, sind annehmbar. Sie können auch verkündet werden.

Zu dieser Zeit fasste die These Fuss: „Die Partei entschied." Da fand jedes „Warum", „Wieso" oder auch nur „Vielleicht" sein Ende.

Die Partei entschied.

Schrecklich auch nur daran zu denken.

Eine andere Zeitepoche hatte rückwirkend auf meine Gedanken ihren Schatten geworfen. Wiederholte sich denn die Geschichte abermals? Wurden wir wieder ins Mittelalter zurückgeworfen, vielleicht in die grausame, erst kürzlich erlebte Vergangenheit?

„Die Heilige Kirche hat entschieden." „Das Ziel heiligt die Mittel." „Ewige Verdammnis." „Tod dem Klassenfeind."

War es denn möglich, dass sich die Geschichte wiederholte, unter denselben Attributen entgegengesetzten Zwecken diente und bloss Scheiterhaufen der Inquisition durch Galgen der modernen Zeit ersetzte?

Ein Wahnsinn war es daran zu denken, dass die Ära des Nazismus wiederkehren sollte. Nein! Nie. Jetzt? Jetzt, da noch in der Luft der Rauch der Auschwitzer Krematorien so scharf zu verspüren war? Nie. Und sicherlich nicht heute, da sich noch dem Ofen entkommene Menschen durch die Welt bewegten, den Geruch des versengten Fleischsches mit sich tragend. Nicht heute, da zerstörte, durch Morde dezimierte Familien das „Memento mori" als schrecklichen Aufschrei stumm verkündeten, nicht bis der letzte Zeuge von Mutter Erde schonend bedeckt würde, um der Umwelt den Spiegel der Vergangenheit nicht vor Augen halten zu können.

War es denn möglich, dass Schwarz durch Braun und Braun durch Rot ersetzt wurde?

Schon seit langer Zeit lag etwas in der Luft. Furcht, die schreckliche Angst, die man ohne zu denken fühlte, wenn man morgens aus dem Schlaf erwachte. Man erwachte, man trat mit seinen Gedanken in die Wirklichkeit, in den Tag, in das Milieu ein, und wurde unerwartet von einem Gefühl, vom Angstgefühl überwältigt. Man spürte fast physisch das Unbehagen, ohne sich einer Schuld, eines Vergehens bewusst zu sein.

Das war die Atmosphäre der Zeit.

Täglich hörten wir von neuen Namen auf der Liste der Verdammten, heute wurde dieser, morgen jener verhaftet, es verschwand ein Freund, ein Bekannter, ein Mitarbeiter.

Was mochte da kommen, wie würde das weitergehen, wer stand eigentlich dahinter? Fragen nur, Fragen, die alle ohne Antwort blieben.

II.

Tibor rief an. In der Stadt hatte sich schon herumgesprochen, dass er verhaftet wurde. Er fragte, ob er kommen könne.

„Warum denn nicht?", war die Antwort meines Mannes.

Tibor war ein alter Kommunist, ein redlicher Mensch, der dem Recht, der Menschlichkeit, der Moral dienen wollte. Er stammte aus einer armen jüdischen Familie, die kaum den Tag zu überleben hatte. Viele Kinder wohnten in einem Zimmer und nicht für jeden war auch nur ein Schlafplatz gesichert. Doch die Kälte der Umgebung, der eisige Wind aus der Hohen Tatra wurde durch die innere Wärme der menschenreichen Familie wettgemacht.

Tibor wurde Spengler, um mit seinem Verdienst den allgemeinen Lebensstandard der Familie zu heben. Er war Kommunist. Nicht wie die Neokommunisten, die sich ihr warmes Plätzchen in der Partei suchten, als sie zur Macht kam. Er war ein Kommunist der Vergangenheit, der seinen Idealen nachging, der in der Partei die Verwirklichung der sozialen Rechte suchte. Und seinen menschlichen Idealismus brachte er in seine konkrete Tätigkeit, auch als er in den Vordergrund der Hierarchie emporgehoben wurde. Er übertrug ihn besonders

in seinen Umgang mit Menschen, die auf ihn angewiesen waren.
Er kam.
Mein Mann empfing ihn etwas verlegen, und ich hatte den Eindruck, dass er auch ein wenig blass war. Er wusste, dass ein solcher Besuch gefährlich werden konnte. Doch war diese Erkenntnis der Grund, einen Kollegen, auch wenn er nicht gerade ein Freund war, abzuweisen?

Auch über meinen Mann hatte man Gerüchte verbreitet, dass er verhaftet würde. Für dieses Gerede waren wir jedoch bemüht eine Erklärung zu finden. Für unangenehme Dinge sucht der Mensch mit Vorliebe verschiedene Erklärungen, das liegt schon in seiner Natur. Und es ist gut so. Wir dachten, dass diese Gerüchte in Banovce, unserer Heimatstadt, ihren Ursprung haben.

Zwei Männer, die sich als Vertreter des Staatssicherheitsdienstes deklarierten, kamen nach Banovce, um mehrere Leute über die Vergangenheit meines Mannes zu verhören. Jedem einzelnen drohten sie mit weitgehenden Konsequenzen, wenn er über diese Untersuchung auch nur ein Wort verlieren sollte. Sie deuteten an, dass mein Mann nicht erfahren dürfe, dass man gegen ihn etwas vorhabe.

Die Geheimtuerei gehörte scheinbar auch mit zum Spiel. Sie wussten, dass ihre Warnung nur ein Schlag ins Wasser sein konnte.

Noch am selben Tag waren unsere Bekannten bemüht, uns das Geschehene mitzuteilen. Um nicht verdächtig zu erscheinen, reiste Judith nach Trencin, um meinen Bruder aufzusuchen, der dort im Spital als Arzt arbeitete, und ihn über die Geschehnisse zu informieren. Er fuhr geradewegs zu uns nach Bratislava, um uns über die Gefahren zu unterrichten.

Wir wussten worum es ging.

Tibor kam. Er sprach ruhig und gefasst als erzählte er ganz unpersönliche Dinge.

,,Lacko, ich war in Prag. Dort sprach ich mit alten Genossen. Sie sagten nur, es ist etwas Schreckliches im Gange. Niemand weiss etwas Konkretes. Im Augenblick wird alles vom Zentralkommitee der Partei geleitet. Dort soll sich ein Mann aus Moskau befinden, der alle Fäden in seinen Händen hält. Er liebt uns nicht, die Juden, meine ich. Man kann nichts erfahren, man kann nichts machen. Der hiesige Sicherheitsdienst bekommt seine Befehle aus Prag. Ich weiss es genau, denn ich bin ja noch dabei."

Nach einer Atempause fuhr er dann fort.

„Auch ich werde beobachtet. Schau durchs Fenster, dort steht ein Kerl, der auf mich wartet, bis ich wieder gehe. Schau dir ihn nur an, wie er wartet. Ich könnte ja durch den anderen Ausgang verschwinden."

Und er lächelte bei diesem Gedanken verschmitzt. Aus unserem Haus gab es zwei Ausgänge, einen durch das Haupttor, wo der Bursche stand und den zweiten durch den Garten.

„Ich tue ihm das aber nicht an. Das ist ein Bekannter, ein ganz anständiger Junge, und er könnte Unannehmlichkeiten haben. Er ist der ständige Begleiter auf meinen Wegen durch die Stadt und sogar auf dem Fussballplatz sitzt er unweit von mir. Beim letzten Match, als unsere Mannschaft ein Tor schoss und ich voller Freude aufsprang, tat er instinktiv dasselbe. Ich musste lachen. Er weiss nicht, dass ich weiss, was er zu machen gezwungen ist."

Am nächsten Tag wurde Tibor verhaftet. Er liess seine Frau, zwei Kinder, das dritte Kind im Leib seiner Frau geborgen, , zurück.

III.

Allmählich entwickelte sich eine Atmosphäre von Angst und Schrecken. In letzter Zeit wussten wir nicht, wen anreden, mit wem zu sprechen gefährlich war. Und jeder hatte Angst, jeder, ohne Ausnahme, denn verhaftet wurden Menschen, die gar nicht ahnten, dass auch sie einmal an die Reihe kommen könnten. Es schien, als ob in der ganzen Sache gar kein System gewesen wäre.

Ich hatte anfangs nicht viel spekuliert und nicht geprüft, welche Art Menschen es waren. Für mich waren es Namen, Namen von Unbekannten, von Bekannten und guten Freunden. Namen, Namen. Denn ich war schon ausserstande, den Menschen dahinter zu erfassen.

Solange es daher um unbekannte Menschen ging, um Personen, die mir fremd waren und mit denen ich keinerlei persönlichen Kontakt hatte, dachte ich mir: Warum denn nicht den Zeitungen glauben? Vielleicht haben diese Menschen als sie im Ausland waren irgendwelche besonderen Kontakte geknüpft!

Ich habe eine Erklärung gesucht, ich wollte nach den vielen Jahren des Unrechts kein neues erleben, ich wollte in Ruhe und ungestört leben, endlich meines eigenen Weges gehen.

Ich wollte nicht wahrhaben, was mir zum Alptraum wurde, ich wollte schliesslich nichts anderes als ein Mensch sein.

Ich wollte nicht und doch hatte ich Angst. Aber warum?

Weil die unbekannten Namen langsam Menschengestalt angenommen hatten. Der Betroffenen Kreis rückte immer näher und näher an mich heran.

Kabos, der alles, was die Partei machte, sagte, befahl und beschloss, gerecht oder ungerecht, menschlich oder unmenschlich, bedingungslos guthiess.

Er war während des Krieges in Russland und konnte daher nicht mit dem Westen zusammenarbeiten.

Kabos, das Vorbild eines gehorsamen Kommunisten.

Na ja, ich bin aber nicht allwissend, doch das...! Das hielt ich schon für ausgeschlossen.

Und eines Tages kam meine Nachbarin mit einer unbeschreiblich verwirrten Miene herangerannt, und ich dachte, es sei ihr etwas passiert.

„Hast du gehört? Husak wurde verhaftet!"

Das brachte die Sache noch näher, greifbarer, das war schon über alle Masse verwirrend.

H u s a k war unser unmittelbarer Nachbar. Unsere Kinder spielten miteinander und mein Mann hatte mit ihm an der Universität studiert. Und wenn auch mit der Zeit, die Husak andere Wege führte als meinen Mann, ihre Bahnen auseinandergingen, blieb, wie durch Zufall, der Kontakt zwischen ihnen aufrechterhalten.

Die Verhaftungen nahmen besonders in jüdischen Kreisen unheimlich zu und es schien, als ob es um eine antisemitische Aktion ginge, die alle jüdischen Intelektuellen erfassen sollte.

Aber was, um aller Welt, hatte in dieser Gesellschaft Husak zu suchen? Ihn konnte man doch nicht als Judenfreund bezeichnen!

Ich dachte mit Unbehagen an unser erstes Treffen mit Husak knapp vor Ende des Krieges.

Der Krieg ging noch weiter, aber w i r wurden schon von den Russen befreit.

Stundenlang zogen wir in der Stadt herum, suchten nach Familienmitgliedern, Freunden, Bekannten. Wir standen vor der Desinfektionsstelle - Entlausungsamt vom Volk benannt - und blickten in jedes Gesicht, schauten mit Hoffnung, voller Sehnsucht in ein jedes Auto, das an uns vorbeifuhr. Wir nahmen hungrige Freunde auf und unsere Wohnung glich oft einem Auffangslager.

Einmal stand mein Mann vor dem Rathaus. Dort hielt ein russisches Militärauto an und es sprangen zwei Gestalten heraus.

Dr. Husak und Dr. Frisch.

Mein Mann brachte beide sofort zu uns, glücklich darüber, gute, alte Freunde gefunden zu haben.

Unsere Gäste hatten sich nach der Reise in Ordnung gebracht, wir hatten ein Mahl eingenommen und der Fragen Fluss nahm seinen Weg.

Auf Husak wartete ein Regierungsposten in der slowakischen Teilregierung und auf Frisch der Posten des Generalsekretärs der kommunistischen Partei der Slowakei. Wir nannten ihn den zukünftigen Stalin der Slowakei.

Husak kam aus Moskau mit den Plänen für den Aufbau der neuen Tschechoslowakei. Er hatte aber auch seine eigenen Vorstellungen über die neue Struktur der Republik.

Und wir fragten.

„Wie lange werden sich die Deutschen noch halten?" „Wie weit wird der Einfluss der Russen reichen?" „Wie wird die weitere Politik im Lande sein?"

Husak war dem mit der Medaille für die Verteidigung Moskaus ausgezeichneten Frisch weit überlegen. Ich bewunderte ihn. Ein kluger, berechnender, harter, kompromissloser Mann, der wusste, was er wollte. Er war voller Energie und nicht geneigt, von seiner Meinung zurückzuweichen. Auch so fand ich ihn grossartig.

Er hatte ohne Enthusiasmus, doch mit Entschlossenheit, über den zukünftigen Status der neuen Republik gesprochen und seine eigenen Vorstellungen klar definiert.

„Unsere Vorstellungen gehen dahin, der Republik eine neue Form und einen neuen Inhalt zu geben", begann er seine Ausführungen.

„Zuerst müssen wir jedoch den Slowakischen Staat annulieren, in Form, Inhalt und Folgen", wandte ich schüchtern ein.

„Nein. Erstens gibt es kein zurück zur Ersten Republik. Wir wollen dort beginnen, wo der Slowakische Staat geendet hatte. Nicht alles war schlecht, was da geschah. Das Böse wollen wir ausmerzen, das Positive beibehalten."

Wo war das Positive in diesem von Hitler geschaffenen Staat, ging es mir durch den Sinn. Welche Ideen verwirren diese Menschen? Die Worte hörte ich wohl, doch mir fehlte der Glaube.

Wollte man uns wieder falsche Ideale andrehen?

„Wir werden eine neue Form von Demokratie schaffen, nicht die veraltete, denn wir stützen uns auf die Macht des Proletariats. Die Demokratie bekommt einen neuen Inhalt. Das Volk soll regieren und diktieren!"

„Diktieren?", fragte ich in schrecklicher Erinnerung an dieses Wort.

„Momentan regieren. Das Übrige kommt später. Vorübergehend wollen wir sogar das Mehrparteiensystem beibehalten, doch unter der Führung der kommunistischen Partei die Kompetenz der anderen allmählich einschränken."

Und Frisch schloss sich der Diskussion kaum an, denn er war nach vielen Jahren wieder in seiner Heimatstadt; erregt, in Gedanken versunken, nicht in politische Überlegungen vertieft. Er dachte an seine Verwandten, die wahrscheinlich umgekommen, an seine Freunde, die den Weg ins Konzentrationslager gegangen waren. Er wusste nicht, wer geblieben und wer nicht mehr am Leben war, und seine Gefühle gingen in der Vergangenheit auf.

Als Husak das merkte, fuhr er ihn an.

„Edo, ich hoffe, du bist nicht sentimental. Jetzt gibt es keinen Platz für Sentimentalität."

„Was wird mit der Wiederherstellung der Rechte von Juden? Sie werden natürlich in alle gewesenen Rechte eingesetzt", warf ich ein, denn für mich war auch das ein Postulat der neuen Zeit.

„Die Juden! Das ist ein Problem für sich."

Und da begann ich zu fühlen, dass die Vergangenheit an Husak nicht spurlos vorübergegangen war

„Ja, die Juden. Darüber würde ich lieber nicht reden. Sie machten mir genug Sorgen im Aufstand in Banska Bystrica."

„Sorgen? Komisch. Warum denn?"

„Was heisst Sorgen? Jeder verlangte eine Wohnung, Kleider und weiss Gott was. Sie sorgten sich um i h r e Zukunft. Sie waren fast lästig in ihren Erwartungen. Kämpfen wollten sie nicht!"

Er machte dabei eine Handbewegung als wollte er andeuten, er betrachte das Thema als beendigt.

Ich dachte dabei an die Stunden, die wir vor der Entlausungsstelle standen, an Bekannte, die wir bei uns aufgenommen hatten, da sie nach dem Kampf in den Wäldern als Juden nicht heim konnten, wie sie weiter in Hunger und Not kämpften, als Nichtjuden bereits zuhause am warmen Herd

sassen, ich dachte an die schrecklichen Opfer, die diese „lästigen" Juden brachten, an die, die nicht mehr zur Entlausung gebracht werden konnten. Ich dachte an die Heldentaten der Jungen aus dem Lager Novaky, die den Ansturm der Deutschen bei Prievidza mit ihrem blossen Leib aufgehalten hatten, bis die übrigen nachhause und Husak nach Moskau fliegen konnten.
Und es fiel mir die scheinbar wunderbare Argumentation eines bekannten Schlosser ein.
„Dem Aufstand sich anzuschliessen? In die Wälder gehen? Wahnsinn! Das sollen die Juden machen. Wenn es gut geht, kannst du da nur Rheuma bekommen. Nach dem Krieg, das schon, ja, da bin ich einer von ihnen, da kann ich nur gewinnen."
Ich ging in die Küche. Ich musste allein sein und an Freunde denken, von denen wir nicht wussten wie, wann und wo sie umgekommen waren. Für mich waren es keine Zahlen, für mich war es Miki, Leo, Josef. Für Husak waren es nur „lästige" Menschen, eine lästige Zahl, eine lästige Erinnerung, die nicht der Rede wert war.
Nach meiner Rückkehr merkte ich, dass das Gespräch weiterging und hörte soeben Husak's aufmunternde Worte.
„Die Rückerstattung des jüdischen Vermögens kommt nicht in Frage. Das fällt uns gar nicht ein. Warum sollen wir den jüdischen Kapitalisten ihr Vermögen zurückgeben, warum sollten wir aus den Juden wieder jüdische Kapitalisten machen?"
„Jüdischer Kapitalist? Was ist denn das eigentlich? Gibt es denn einen jüdischen und einen nichtjüdischen Kapitalisten? Ist hier das Mass der Beurteilung verschieden?"
Daran dachte ich, als ich hörte, man habe Husak verhaftet. Keine Schadenfreude übermannte mich, nur ein Unbehagen, eine schreckliche Angst hatte mich erfasst.
Abends riefen bei uns Freunde an um nachzusehen, ob mein Mann noch zuhause sei. Sie zeigten ein warmes Interesse an mir und an meinem Leben.
Mich machten sie nervös. Sie drängten mich in eine Abwehrstellung gegen etwas Unbekanntes, Unfassbares, gegen etwas, was kommen konnte, was mich in die Ecke drückte ohne aus ihr entschlüpfen zu können.
Das Interesse am Menschen ist schön, es ist ein Ausdruck der Nächstenliebe und nach erlittenem Leid hilft es manchmal die Wunden zu heilen, die Not zu lindern.
Schrecklich ist es jedoch, wenn der Schwerkranke die lie-

bevollen Blicke seiner Umgebung an sich geheftet sieht und in ihnen, wie in einem offenen Buch liest.

„Du armer Mensch, wie lange noch?"

Wie lange noch würde mein Mann in unserem Familienkreis sitzen können, wie lange noch?

Und nicht ich allein wäre die Betroffene, nicht ich allein bangte um meinen Mann, um die Zukunft der Familie.

Die Reihe der verhafteten und entführten Männer wurde immer grösser, die Anzahl der leidenden Familien nahm zu. der menschlichen Gesellschaft kam ein neues, schreckliches Gesicht zu, das Gesicht der Unfreiheit und der Verunglimpfung hoher menschlicher Ideale. Und das war ein schrecklicher Rückschlag für meine Gedankenwelt. Sie umfasste alle, die mit mir in einer Reihe standen, die alle das dachten was ich und sagen wollten, was ich hier, stellvertretend für sie in die Welt schreie.

Und wenn auch die Zahl der Betroffenen gross war, die Einzellast wurde dadurch nicht erträglicher. Wir marschierten in geschlossener Reihe, doch jeder erlebte die Dinge aus eigener Sicht.

IV.

So stand ich also da, mittags, an jenem 17. Oktober an dem aus Prag fünf Männer mit einem Pkw, Tatraplan genannt, zu unserem Haus gefahren kamen, meine Wohnung durchsuchten und meinen Mann entführten - nicht überrascht, nicht einmal schockiert, nur unfähig zu denken, und unfähig, sich die Folgen auch nur vorzustellen.

Die ganze Wohnung wurde durchstöbert, sichtlich nur der Vorschrift wegen, ohne etwas Konkretes zu suchen. Man konnte ja nichts finden - und das wussten sie genau. Nur etwas, etwas fanden sie doch. Und sie nahmen es auch mit. Unseren T r a u s c h e i n.

Ich hatte meinen Mann in März 1942 geheiratet. Es war eine der vielen jüdischen Ehen, die geschlossen wurden, als die Deportierung in der Slowakei begann. Zuerst verschickte man unverheiratete Männer und Mädchen im Alter von 16 - 40 Jahren. Wer konnte, heiratete. So heiratete auch ich, vor dem Standesamt, als man daran ging, alle Mädchen unseres Städtchens zu verschleppen. Nach einigen Tagen heirateten wir auch kirchlich.

Bei der **Trauung** waren einige Menschen anwesend, weinende Eltern und solche, die älter als vierzig Jahre waren. Unsere Hochzeit fand statt, als das Massenbegräbnis der jüdischen Jugend unserer Stadt begann.

Wir wurden von einem jungen Rabbi getraut. Das war seine letzte Trauung und zugleich die letzte jüdische Trauung in Banovce überhaupt. Der arme Rabbi! Begeistert vollzog er seine Pflicht als Priester, als er uns in die ewige Treue verwies, nicht ahnend, dass er bald das Gebet murmeln würde, das ihn in die ewige Finsternis, oder ins ewige Leben begleitete. Und mit welcher Freude hatte er den Ehevertrag, „Ktubah"genannt, meinem Vater übergeben. Schön vorgedruckt, mit herrlicher Schrift ausgestellt war dieser Vertrag, der mich nicht nur in die Ehe führte, sondern mich auch am Leben hielt. Und wie glücklich war mein Vater! Seine kleine, neunzehnjährige Tochter hatte geheiratet, und wie! Sie wurde die Frau des Sohnes seines schon verstorbenen besten Freundes.

Er übernahm die „Ktubah" aus der Hand des Rabbi und trug sie an seiner Brust bis in seinen Tod hinein.

Ich hatte keine Ahnung davon.

Als ich meinen Bruder nach dem Krieg wiedersah, gab er mir, als das grösste Geschenk, ein durchnässtes und sorgfältig getrocknetes Papier, das mein Vater am Herzen getragen hatte.

„Unser Vater starb am 6. Dezember", sagte er mit Tränen in den Augen. „Adulo begrub ihn, fand bei ihm dieses so gehütete Kleinod, nahm es zu sich und übergab es mir, als ich ihn nach dem Kriege traf."

Es war unser Trauschein.

Ich nahm die Ktubah zu mir, glättete sie, legte sie zu meinen Wertsachen, zur Erinnerung an die heisse Liebe zu uns beiden, die mein Vater mit sich ins Grab nahm.

Und dieses Dokument hatte der Staatssicherheitsdienst bei uns beschlagnahmt als einziges Beweismaterial über die verbrecherische zionistische Tätigkeit meines Mannes gegen den Staat. Wir bekamen sie auch nach der Entlassung aus dem Gefängnis nicht mehr zurück.

V.

Ich stand, ich weiss nicht wie lange, bis mein Nachbar kam. Ich hörte ihn nicht, ich sah ihn nicht kommen. Erst als er mich ansprach, erwachte ich aus der Nirwana und erzählte gelassen mit stark abgestumpften Gefühlen, was vorgefallen war, als ob ich über einen Zeitungsbericht unpersönlich referierte. Doch sein erschrockenes Gesicht, aus dem jede Farbe gewichen, rief mich in die Gegenwart zurück, liess mich erkennen, dass etwas Schreckliches geschehen war, etwas Schreckliches, das unglaublich zu sein schien, weil es mich betraf.

Er brachte mich in meine Wohnung; er musste keine Fragen stellen. Die Wohnung war in einem schrecklichen Zustand. Die Bilder von den Wänden gehoben, die Kleider durcheinander auf dem Boden verstreut, die Stühle umgekippt, die Matrazen aus den Betten gehoben.

Wir setzten uns in diese Unordnung hinein und sprachen wenig, sehr wenig. In einem solchen Zustand schien das selbstverständlich zu sein.

Er ging. Was sollte er denn sagen, was konnte er schon tun. Er ging, und ich blieb allein, allein mit drei kleinen Kindern, ich neunundzwanzig und meine Kinder fünf und zweieinhalb Jahre alt. Ich blieb allein, ohne meinen Mann, ohne Mittel, ohne Arbeit.

Wie lange?
Was nun?
Wo sollte ich hingehen?

VI.

Der Tag war um und der Ratschläge Flut ergoss sich über meinen Kopf.

„Du musst sofort anfangen zu arbeiten." „Ausgeschlossen, du kannst nicht arbeiten, da sind ja drei Kinder, kleine Kinder." „Nimm dir jemand in die Wohnung, aber sofort!" „Nur das nicht!"

Bald danach erkrankte ich und wurde gegen meinen Willen ins Spital gebracht.

Das war nun ein Ausweg aus der Fülle der gut gemeinten Anweisungen, denn in einer solchen Lage denkt ein jeder, ein gescheiter, mit autoritärer Entscheidungskraft bedachter Mensch zu sein. Ich widersprach ja niemand, auch wenn sich meine Freunde heftig widersprachen. Ich widersprach nicht, und ging ins Spital - krank, ohne Antwort auf meine Fragen gefunden zu haben.

Die Situation wurde nicht gelöst, sie wurde nur komplizierter.

Meine Kinder blieben zuhause in Obhut einer fremden Person, entgleist, schockiert, verstört, nichts ahnend, die Lage nur gefühlsmässig erfassend. Im Handumdrehen hatte sich ihr Leben geändert und die Harmonie ihres Familienlebens war von Grund auf zerstört. Niemand hänselte, streichelte, liebkoste sie in elterlicher Liebe, nirgens fühlten sie sich geborgen, denn beide Eltern waren weg, weit fort, für ihre Begriffe eine unvorstellbare Ferne.

Es kam der erste Besuchstag im Spital. Das Mädchen zog die Kinder an und brachte alle drei zu mir ins Krankenhaus. Dort lag ich in einem grossen Zimmer. Weisse Betten standen den Wänden entlang auf beiden Seiten.

Die Kinder kamen. Sie hielten sich zu dritt fest an den Händen. Sie blieben mit verstörten Gesichtern an der Eingangstür stehen und ihre Augen spähten, fragten, suchten und fanden ein Bett, in dem die Mutter, ihre Mutter lag. Sie stockten eine Weile, dann rannten sie geradeaus zu mir, begannen sich auszukleiden, denn das war ja ihr Heim, wo ihre Mutter war. Und sie riefen, mit zurückgehaltenen Tränen das schönste Wort, das uns je gegeben „Mutter, Mami, Mami, Mami!" Und schon gingen sie daran ihre Schuhbänder zu lösen um in mein Bett zu schlüpfen, zu mir, zu ihrer vermissten Mutter. Bei mir suchten sie ihre Stütze, ihren Schutz, die Wärme, die ihnen nun versagt blieb.

Gerührt und stolz schaute ich mich im Krankenhaus um, so wie es jede Mutter tut, wenn sie sich ihrer Kinder ohne Worte zu rühmen versucht. Doch ich sah nur Patienten, die ihr Gesicht unter der Decke verbargen, als ob sie sich ihrer Rührung schämten.

VI.

Schon der Start in den Kampf, der meiner harrte, war schwer. Für mich um so schwerer, da mein Leben bis nun schön und angenehm gewesen war.

Die Wohnung in einem schönen Millieu, eine Villa von einem Garten umgeben, Bäume, Blumen, ein schönes Heim, mein Heim. Den Mann an meiner Seite, aller Sorgen enthoben, mit einem Gatten, der alle Probleme löste, auf den man sich zu jeder Zeit verlassen konnte. Eine Stütze für mich, die Unerfahrene, für mich, die ich um mich immer den starken Mann wusste. Wir hatten einen Vater im Haus, einen Mann, einen Berater, Beschützer, einen Menschen.

Doch schon das zweite Mal zerstörte das Schicksal die ruhige und harmonische Idylle unseres Zusammenlebens.

Das erste Mal geschah es, als ich aus dem Elternhaus in die Kälte des grausamen faschistischen Wirbels geschleudert wurde.

Und jetzt abermals. Wie sollte ich da meinen Mann stehen? Wie sollte ich solche Schläge aushalten?

VII.

Als ich damals früh morgens, Anfang September 1942 meine Wohnung geheim verliess und ins Unbekannte flüchtete, war mein Mann im Gefängnis in Ilava, als gefährlicher Kommunist verschleppt. Er war keiner. Doch als man ihn dann ins Vernichtungslager deportieren wollte, gelang es ihm, mit Hilfe eines slowakischen Soldaten zu fliehen, und wir trafen uns nach sechs Wochen gezwungener Trennung wieder.

Wir lebten, von diesem Moment an, abermals zusammen, wenn auch mit falschen Papieren als Arier getarnt, verborgen beim Sohn eines griechisch-katholischen Pfarrers in der Ostslowakei.

Schwer war das Leben für uns, manchmal schien es unerträglich zu sein. Und im Kreuzfeuer der scheinbaren Geborgenheit beim Pfarrerssohn und der drückenden Angstgefühle vor dem Entdecktwerden, lebten wir zwei Jahre zusammen, doch zwei Jahre zusammen, Mann und Frau in gegenseitiger Anlehnung. Ich war nicht allein, mein Mann war an meiner Seite, und meine Eltern lebten noch.

Und heute, heute stand ich hier allein, ich hatte nicht zu wem hinaufzuschauen, nicht auf wen zu warten, auf meine Fragen konnte ich keine Antwort bekommen. Nur eine ungeheure Verantwortung lastete auf mir. Drei kleine, unversorgte Kinder.

Ich begann, mich nach Arbeitsmöglichkeiten umzuschauen. Jeder hatte einen Vorschlag. Ich versuchte alles und liess keine Gelegenheit aus. Es führte zu nichts. Es gab keinen Referenten, es gab keinen Leiter einer Kaderabteilung, der seine Zustimmung gegeben hätte, die Frau eines politischen Häftlings anzustellen.

Ich ging von Ort zu Ort, von einem Unternehmen zum anderen, um dann doch die negative Antwort schriftlich zu bekommen. Es war ein Zauberkreis, aus dem es kein Entrinnen gab, ein Kreis, der von Menschen geschaffen, von Robotern durchgeführt wurde. Es gab kein Rütteln an den undurchdringlichen Wänden der politischen und unmenschlichen Linie, denn dort wo Herz und Geist sein sollten, wohnten Terror und Böswilligkeit, manchmal nur Angst. Für mich lag darin kein Unterschied. Denn an der Peripherie der „Gesellschaft" angelangt, wurde der Mensch verstossen, ob schuldig oder unschuldig, ob Mutter von drei Kindern oder ein darbender Greis, ob reich oder mittellos, ja sogar ob Jude oder Nichtjude, ganz egal. Man war gestempelt, unrein. Das Maximum, das einem zuteil wurde, war uneffektives Mitleid.

Alle Regeln der sozialen Gerechtigkeit, alles Gerede über die Sorge um den Menschen, alles Posaunen über Sicherung des Lebensniveau's, alles Geschwätz um die Wahrung der Menschenrechte waren Phrasen in den Mäulern der Potentaten und in den entarteten Zeilen der gleichgeschalteten Zeitungen.

Ja, hatte ich denn dieses Wort „gleichgeschaltet" schon einmal gehört?

Endlich hatte einer meiner Bekannten eine Idee, die einen Hoffnungsschimmer gab. Im Gesundheitswesen mangelte es an Kräften, dort suchte man schlecht bezahlte Leute und daher war auch das Pirschen viel einfacher.

Ich hatte Glück. Es gab doch anständige Menschen, und auf einen war ich gestossen. Ich wurde in ein Spital aufgenommen, diesmal nicht als Kranke, und begann zu arbeiten.

Die Kinder hatte ich in einem Kindergarten untergebracht. Morgens, sehr zeitig für sie, weckte ich alle, zog sie noch halb schlummernd an, lief mit ihnen in den Kindergarten, einmal den einen, einmal den anderen auf dem Arme tragend. I c h musste ja zur Zeit in der Arbeit sein, daher lief ich, von Dan am Rock festgehalten, der mit seinen fünf Jahren immer einen der Zwillinge nach sich zog, damit auch er mit mir Schritt halten konnte.

So begann ein jeder Tag, wenn es normal zuging. Ja, wieviele der Tage waren schon in dieser nicht normalen Zeit normal? Ein jeder Tag begann so, doch wie weit war immer noch der Abend!

Man rief mich sehr oft in den Kindergarten, da stets eines der Kinder krank war. Ihr bisheriges Leben in der Isolierung, hatte sie - leider - vor Krankheiten geschützt. Jetzt, gerade jetzt, bekamen sie eine Kinderkrankheit nach der anderen. Der nun von Krankheiten geschwächte Organismus war ein wunderbarer Nährboden für weitere und so pendelte ich in einem ständigen Kreis zwischen Kindergarten, Krankenhaus und Arbeitsplatz.

Zur Pflege der Kinder zuhause zu bleiben wagte ich nicht. Was würde man am Arbeitsplatz sagen, war das Fragezeichen, das mir ständig im Sinne lag. Blieben sie zuhause allein, wurde ich von Angst gequält vor Sorge, was mit ihnen nur los sei. Mit ihnen und ohne sie zitterte ich, zitterte, und hatte das Gefühl, ich sei ein Trainigssack, in den Boxer dreinhauen und der nach jedem Schlag in seine ursprüngliche Lage zurückprallt, als wollte er den Kämpfer herausfordern: ich werde widerstehen.

Überraschungen trafen mich wie ein Schlag nach dem anderen und kaum hatte ich gekontert oder war der Faust ausgewichen, traf mich ein neuer Schlag, nicht selten direkt in die Schläfe. Doch den Sieg trug ich davon. K. o. war ich nicht.

VIII.

Über meinen Mann hörte ich kein Wort; als wäre er in die Erde versunken. Ich wusste nicht, wohin man ihn entführt hatte, ich ahnte nicht, wessen man ihn für schuldig hielt. Ich wusste nichts.

Nach sechs Wochen erhielt ich einen Brief des Staatsprokurators (oh, welche Ehre, so hoch gekommen zu sein!), worin mir mitgeteilt wurde: Ihr Gatte wurde wegen staatsfeindlicher Tätigkeit verhaftet. Für Ihren Gatten ist gesorgt. Es wird Ihnen bewilligt, jede drei Monate einen Brief zu schreiben an die Adresse: Staatssicherheitsdienst, Abteilung XC, Bartholomäusstrasse 5, Prag.

Dort war mein Mann nicht.

Ich begann aktiv zu werden. Sofort reiste ich und schrieb. Ich schrieb an alle möglichen Institutionen, an jede nur erdenkliche Persönlichkeit, ich wandte mich an verschiedene Minister. Und da es zu dieser Zeit zur Abberufung gerade der einschlägigen Minister kam und ich auch die neuen Minister auf dem Laufenden halten wollte, hatte ich ein ständiges Programm - für die Nacht. Ich schrieb meine Briefe immer erst, nachdem ich die Kinder schlafen gelegt hatte.

Tage schlichen an mir vorbei, einer wie der andere, den Tagen folgten Nächte, um dann vom Sonnenschein verscheucht zu werden. Tag und Nacht, alles wirr durcheinander. Nur ein Merkmal war allen gemeinsam: sie waren unendlich.

Ich war sehr naiv. Ich korrespondierte einseitig und immer auf dasselbe Thema. Ich stand in „Verbindung" mit dem Justizminister, mit dem Minister für Sicherheitswesen, dem Ministerpräsidenten. Die Antworten waren lakonisch, alle im gleichen Ton gehalten und sie kamen immer von e i n und d e r s e l b e n Stelle, wohin auch immer ich meinen Brief adressiert hatte.

Die Antworten lauteten: „Für Ihren Mann wird gesorgt." Wie, wo, auf wie lange, warum, darauf gab man mir keine Antwort. Sie nahmen mir das Recht zu wissen, was da eigentlich vorging, welches Spiel getrieben wurde mit dem Leben eines Menschen und mit allem und allen, das zu diesem Wesen gehört.

Schwer, sehr schwer ertrug ich die Einsamkeit. Ich kam auch in finanzielle Schwierigkeiten und so entledigte ich mich allmählich aller meiner Wertsachen.

Darin hatte ich keine Schwierigkeiten. Es sprach sich im Lande herum, dass das Geld eingezogen und umgetauscht würde. Menschen kauften ein, und ich verkaufte. Die Preise aller Gebrauchsartikel stiegen enorm und ich verbrauchte mehr als ein normaler Mensch. Und so entledigte ich mich auch meines Erbes, das dem Interesse der slowakischen Gardisten entgangen war.

Meinen Kindern wollte ich alles bieten. Meine eigene Not nahm ich nicht in Betracht und ich scheute keine Opfer, um den Kindern die Wärme, Liebe, Grosszügigkeit des Familienkreises zu erhalten. Ich gab ihnen alles. Alles? Den Vater hatten sie nicht.

Freunde, abermals Freunde, rieten, die Kinder im Heim unterzubringen, oder sie wenigstens der Obhut von Wochenheimen zu überlassen. Alles, alle Ratschläge solcher Art wies ich entschieden zurück. Auch wenn die Sorge um die Kinder physisch an meinen Kräften zehrte und von mir Höchstleistungen erforderte, gab mir diese Art unseres Zusammenlebens einen moralischen Halt. Wäre ich auch nur einen Tag ohne Kinder geblieben, hätte ich mehr gelitten als unter den physischen Strapazen, die ich notgedrungen auf mich nahm.

IX.

Nach drei Monaten kam endlich der so ersehnte Brief meines Mannes an. Als ich den Briefkasten öffnete, schrie ich auf.

Die Kinder kamen herangerannt. Mit vor Anstrengung roten Wangen und vor Neugierde weit geöffneten Augen, wollten sie hören, was ihr Vater schrieb.

Doch der Worte im Brief waren nur wenige - mehr hatte man ihm sicherlich nicht erlaubt.

Es verging kein Tag, an dem wir nicht über den Vater gesprochen hätten, und die Kinder lebten mit dem Vater, als ob er gestern von uns gegangen wäre. Ich war bemüht, ihn in ihren Vorstellungen allgegenwärtig zu halten, und sie drängten mich unumwunden mit ihren Fragen.

„Wo ist der Vater? Wann kommt er schon nach hause? Warum lässt er uns solange allein?"

Ich dachte, es wäre zu schwer, den Kindern zu erklären, dass der Vater ein guter Mensch und doch im Gefängnis sei. Das war ja bis unlängst sogar für einen Erwachsenen unfassbar. Ich verschwieg daher Tatsachen und erzählte Märchen. Der Vater arbeite in einer Fabrik. Das war ja eine Ehrensache und man konnte auf den Helden der Arbeit stolz sein.

Märchenbücher dieser Tage sprachen viel über Helden der Arbeit, denn Kinder sollten nicht durch unwirkliche, weltfremde Märchengestalten irregeführt werden. Auch Erzählungen sollten ein Produkt des sozialistischen Realismus sein, das ist der erste Weg zur Überwindung der Vergangenheit. Und so erfuhren die Kinder, dass Arbeit in den Kohlengruben die ehrenvollste Aufgabe des neuen Menschen und der Soldat der Roten Armee sein Repräsentant und Beschützer sei.

Und abends, als meine Zeit kam, nahm ich den Brief zur Hand, zerlegte jedes Wort, forschte nach dem versteckten Sinn, nach seinem tatsächlichen Inhalt, nach den Gedanken, die sich hinter den Buchstaben verbargen.

Ich fand nichts. Eine absolute Hoffnungslosigkeit bemächtigte sich meiner.

Der Vater schrieb wörtlich: „Dan, mein Sohn, Du bist der Älteste (fünf Jahre war er alt), Du musst mich ersetzen, und ich bitte Dich, stehe der Mutter immer bei, sie wird das brauchen. Du wirst ihr auch helfen müssen, die Kinder zu erziehen."

Ein unglaublich niederschmetternder und hoffnungsloser Ton schlug mir aus diesem Brief entgegen. Was wollte da mein Mann sagen, was trieb ihn dazu, diesen wie Abschiedsworte klingenden Satz zu schreiben? Aber in meiner menschlich begründeten Naivität hatte ich mich zu beruhigen gesucht mit den Vorstellungen, dass hinter diesen Worten positive Hinweise verborgen seien, die ich vielleicht nicht verstand. Ja, er schrieb für den Zensor, der darin lesen sollte, dass mein Mann den Kampf im Gefängnis aufgab, dass er nicht auf Befreiung hoffte und es deshalb unsinnig war, ihn weiter zu drängen.

Diese Gedanken, die mir einen Hinweis gaben, dass es sich um eine Falle für den Zensor handle, hatten mich beruhigt. Ich ging zu Bett und dachte daran, meinem Bekannten Hans meine eigene Deutung vorzulegen und hoffte, dass er, der erfahrene Advokat, sie auch bestätigen werde.

Morgens stieg ich sehr zeitig aus dem Bett, kleidete die Kinder an und wir schoben uns behutsam in den Kindergarten.

Nach dem Nachtfrost war der Weg sehr glitschig. Es ergaben sich dabei natürlich auch komische Situationen. Plötzlich rutschte vor uns eine Frau aus und deckte mit ihrem Körper Mutter Erde, ihre Füsse in der Luft segelnd, gegen den Himmel gespreizt. Das Lachen blieb nicht aus, denn es liegt schon in der Natur des Menschen beim Ausgleiten eines anderen zum Lachen verleitet zu werden. Auch die Kinder lachten und die arme Frau wusste gar nicht, dass sie Öde und Trauer so hingebungsvoll unterbrach.

Wir gelangten jedoch unversehrt in den Kindergarten und waren noch dazu nicht die Letzten, wie gewöhnlich. Ich hatte ja etwas Besonderes vor. Ich setzte die Kinder auf eine leere Bank, hockte, zog ihnen die Schuhe aus, die Hausschuhe an.

Neben mir bemühte sich Bastovansky um seine Kinder. Nur so nebenbei wechselten wir einige Worte, sagten etwas über die Kinder, und ich lief davon, um beizeiten in der Arbeit zu sein.

Dieser Tag war ein Tag der Eile. Kaum hatte es drei Uhr geschlagen, rannte ich, mit dem Brief in der Manteltasche, zu Hans. Ich läutete, hörte sofort Schritte. Er war also zuhause. Er empfing mich mit sichtlicher Freude, doch dann, etwas betroffen, fügte er hinzu, er habe drinnen einen Besuch, aber ich könne hineinkommen.

Im Zimmer sass Frau Krizan. Sie sprach laut, lachte verstört und für mich unverständlich, ihre Hände flogen beim Reden auf und ab. Und da auch ihr Mann im Gefängnis sass, wusste ich nicht, worüber sie sich eigentlich so freuen sollte. Noch weniger verständlich war für mich die Szene, als sie unter lautem Gelächter erzählte, Bastovansky habe Selbstmord begangen."

Ich war zu Stein geworden. Vor einigen Stunden hockten

wir nebeneinander in Vollstreckung unserer Familienpflichten, und jetzt... Es hört sich schrecklich an.

Persönlich kannte ich Bastovansky nur aus dem Kindergarten. Ich wusste: er war der Erste Sekretär der kommunistischen Partei der Slowakei. Er gehörte zu den einflussreichsten Männern im Staat und erweckte, wo er erschien, Gefühle, die man damals gegenüber den kommunistischen Bonzen hegte. Es war eine Ehre, in seiner Nähe zu sein, er war stark, er liess ja noch im Januar Husak verhaften. Er war eben der Erste Sekretär. Muss man dazu weitere Worte hinzufügen?

Ich hatte ihn morgens vergrämt, ohne Humor, verdrossen und eingeschüchtert gesehen. Morgens war er noch der besorgte Vater gewesen. Nun war er tot! Das schokierte mich.

Noch mehr betroffen war ich vom Gelächter, mit welchem mir Frau Krizan die Nachricht mitteilte. Die Ohren hatte ich voll vom Schall des grausigen Gelächters.

Verstört schaute ich auf Hans und er las in meinen Augen die tonlose Frage. Er nickte mit dem Kopf, als ob er sagen wollte „Ja, Sie haben recht, sie ist nicht ganz bei Sinnen, sie ist aus dem Häuschen."

X.

Es war schon spät, als ich zuhause ankam. Unterwegs besorgte ich Einkäufe und mit meinen letzten Kräften schleppte ich sie und mich bergauf, in meine Wohnung. Ich freute mich schon, welch ein ergötzendes Gefühl, auf den Augenblick, da ich mich setzen, die durchnässten Schuhe ausziehen, und ruhen, ruhen, ruhen würde.

Zuhause wurde ich von meinen Kindern mit Sehnsucht erwartet. Ich sah in ihren Augen, dass sie in Extase waren.

„Mami, Mami, hast du den herrlichen Schnee gesehen? Wir möchten so gerne rodeln. Mami, bergabsausen, bergaufsteigen, bergab, bergauf, so" und zeigten mit ihren kleinen Händen die Bergab- und Bergaufbewegung, als verstünde ich nicht die Worte, die sie so erregt geplappert hatten. „Es sind so viele Kinder draussen, Mami, es ist so herrlich dort, Mami!"

In ihren Augen las ich die grosse Erwartung, ihr Blick war ein grosses Fragezeichen, eine sehnsuchtsvolle Bitte zugleich.

Wer könnte da widerstehen, welche Mutter könnte den drei fiebernden Augenpaaren, die voller Erwartung glänzten, ein trostloses „Nein" sagen?

Ratlos stand ich hier, schwieg eine Weile, mein Vorhaben

drängte mich zur Tat, denn mein ganzer Körper rief unwiderstehlich nach Ruhe, nichts anderes hatte ich im Kopf.
Und ich sagte zu. „Wir gehen." Welche Eile, welcher Schwung, in dem sich alle umgezogen hatten, welch ein Ringen um die Zeit, das Versprechen möge nicht rückgängig gemacht werden.
Wir stehen auf dem Abhang, den Schlitten ans Seil gebunden. Alles voll, es wimmelt nur so von Kindern. Es dröhnt ein jauchzendes Geschrei der bergabrasenden, bergaufsteigenden Fahrer, es dröhnt das Gelächter, manchmal hört man Schimpfen, als es zu Zusammenstössen kam und die im Schnee liegende Masse zu einem einzigen, riesigen, sich wälzenden Körper wurde.
Kleine Kinder waren in Begleitung ihrer Väter, die ihre Sprösslinge, auf dem Schlitten sitzend, bergauf zogen. Auch in ihren Gesichtern widerspiegelte sich die Freude, die der Ausdruck der Masse zu sein schien.
Ich zog meine Kinder hinter mir her und als sie die Mühe merkten, mit der ich das tat, sprang einmal der eine, einmal der andere ab, um mir zu helfen. Doch immer wieder setzten sie sich auf ihre Plätze zurück. Sie sind ja Kinder, wie alle anderen, sie sollen es auch sein.
Und als auch mein Nachbar sein Hänschen nachhause schleppen wollte, da Mutter und Grossmutter ein gutes, warmes Abendessen vorbereitet hatten, nahm ich meine drei durchwärmten Kinder in meine Einsamkeit zurück.
Voller Erregung ob des Erlebten, müde, mit roten Wangen und mit einem lustigen Geschwätz, zogen sich die Kinder aus.
Auch ich ging daran ein gutes, warmes Nachtmahl vorzubereiten.

XI.

Als ich die Kinder dann zu Tisch gerufen hatte, kam keiner herangerannt. Sie schliefen bereits. Sie lagen, wo sie sich hingelegt hatten, drei Engel in meinem Haus. Ich nahm das Essen vom Tisch, legte es in den Kühlschrank um es morgen den Kindern zu geben. Allein, allein wollte auch ich nicht essen.
Nun ruhte ich endlich, den Kopf voller Gedanken. Wie alltäglich liess ich den Film des Tages an mir Revue passieren und als ich in meinen Gedanken gerade bei meinen Kindern, bei der eben durchlebten Freude anlangte, läutete es.

Ich öffnete die Tür.

Draussen stand ein Schutzmann in Uniform (das war immer das kleinere Übel). Er übergab mir eine Vorladung zum Verhör für den nächsten Morgen.

Warum musste das denn abends sein, wo schon jeder zum Ruhen berechtigt ist? Doch Kleinigkeiten solcher Art störten mich nicht mehr, ich nahm sie gar nicht wahr.

So endete der Tag. Zum Schlafen bereit, dachte ich im Bett noch sehr lange nach, denn ein neues Kapitel hatte vielleicht begonnen.

Was werden sie wohl fragen, worum geht es bei diesem Verhör. Was hatten sie sich ausgedacht, um mir das Leben schwerer zu machen?

Ich bereitete mir die Antworten vor, Antworten auf von mir konstruierte Fragen. So tat ich es immer. Es war ein Spiel, das meine Reaktionsfähigkeit testen und in richtige Bahnen leiten sollte. Frage und Antwort. Und auf jede Frage, so dachte ich, hatte ich die richtige Antwort zur Hand.

Was werden sie wohl wollen? Ich wusste, dass dieses Verhör im Zusammenhang mit meinem Schwager sein würde, denn der Schutzmann legte mir irrtümlich auch eine zweite Vorladung vor. Sie war für Dr. Lax bestimmt, dem gewesenen Kompagnon meines Schwagers in seiner Advokaturskanzlei.

XII.

Mein Schwager, der Bruder meines Mannes war ein führender Zionist im Lande gewesen und die Fäden des jüdischen Lebens waren in seinen Händen zusammengelaufen. Er hatte sein ganzes Leben der zionistischen und jüdischen Arbeit geweiht, er tat es als Student, während des Faschismus und des Kommunismus im Lande. In seine gutgehende Anwaltskanzlei brauchte er einen Kompagnon, und das war eben Dr. Lax, der am selben Tag wie ich zum Verhör vorgeladen wurde.

Am Morgen ging ich zur Polizei.

Nach unendlichem Warten wurde ich in ein Zimmer geführt. Eine fast leere Kanzlei, ein Schreibtisch und ein Sessel in die Mitte des Zimmers gestellt. In der Ecke stand ein Ständer, an den ich meinen Mantel hängen sollte. Ich wusste nicht, war es Zufall oder lag Absicht darin? Am Ständer hing ein Revolver.

Das Verhör dauerte sechs Stunden. Die grösste Überraschung

für mich war die Linie, auf der es sich bewegte.

Ich ahnte es, doch wusst' ich es nicht genau. Jetzt sollte ich es klipp und klar serviert bekommen. Die antisemitische Linie war der Grundton, der mir zum Bewusstsein gebracht werden sollte.

„Ihr Name, vorher, geborene, Religion, vorher, Abstammung" waren die Rubriken, die ich mündlich ausfüllen sollte. Da hielt ich inne und nach einem Zögern fragte ich den Referenten.

„Sie denken nach den Nürnberger Gesetzen? Jüdin."

„Warum waren Sie auf der Israelischen Gesandschaft? Worüber haben Sie mit Ben-Shalom verhandelt? Erinnern Sie sich nur ohne Zögern daran, Ihr Mann hat es schon gestanden."

Dann folgte Frage auf Frage, deren Sinn und Unsinn mir oft gar nicht klar war - ich glaube, auch dem Referenten nicht. Und so entstand wieder ein Protokoll.

Es war mir bekannt, dass mein Mann, in seiner Kompetenz und mit Zustimmung des Regierungsbeauftragten des Innenministeriums (offiziell „Poverenik" genannt), Angestellte des Palästinaamtes aus dem tschechoslowakischen Staatsverband, auf ihr Gesuch hin, entlassen hatte, wonach diese, mit israelitischen Laissez-Passer versehen, nach Israel auswandern konnten.

Über dieses Problem hatte mein Mann, in meiner Gegenwart, mit Ben-Shalom, dem Ersten Sekretär der Israelischen Botschaft in Prag verhandelt...

Mein Mann hatte das volle Recht gehabt so zu handeln, wie er es tat, denn sein Handeln lag im Rahmen des Gesetzes und in seiner Kompetenz. Wer weiss aber, dass das, was heute erlaubt, morgen als staatsfeindlich und gesetzwidrig erklärt wird?

Die Tschechoslowakei hatte ja zuvor den Kampf der Juden in Palästina gegen die Engländer energisch unterstützt, hatte den jungen Staat im Kampf gegen die Araber mit ihren Waffen zum Sieg geführt, hatte die ersten israelischen Flieger ausgebildet, die illegale Einwanderung der polnischen und ungarischen Juden gestattet, um sie dann nach Israel weiter zu leiten. Dieselbe Tschechoslowakei hatte kurz darauf die Auswanderung von neun Juden, als eine den Staat gefährdende Tat gebrandmarkt und sogar mich in der Sache verhört.

Als ich das Protokoll unterschrieb, das natürlich meine Wertungen und Formulierungen unbeachtet liess, schaute ich auf den Referenten, und seufzte laut.

„O, Gott! Wenn Du mir schon Verstand gabst, warum

versagtest Du mir ein Prophet zu sein?"

Viel hätte ich mir ersparen können, vor vielen Irrtümern hätte ich mich bewahrt, ganz anders wäre mein Leben gestaltet worden.

So verging abermals ein Tag, der mit allen übrigen gemeinsam hatte, dass auch er unendlich lang und mühevoll war.

Hausdurchsuchungen und Verhöre wurden dann zur Routine. Von Zeit zu Zeit kamen zwei Männer, sie kamen immer im Paar, suchten in der Wohnung nach mir unbekannten Dingen, oder sie taten nur so, schien mir. Einmal jedoch wollten sie etwas Konkretes sehen.

Photographien.

An sich eine ganz unschuldige Sache. Aber nicht in einem solchen Staat, in einer solchen Zeit. Grosse Gefahren konnten dahinterstecken.

Nichtsahnende Menschen, die sich in unserer Gesellschaft photographieren liessen, bei uns im Garten, in Luhacovice zur Sommerfrische, auf gemeinsamen Ausflügen, Leute, die zufrieden und ungestört auf ihren „warmen" Plätzen sassen, sich freudig ihren Familien widmeten, und oft treu der Partei dienten, lagen da, plötzlich entblösst, auf dem Schreibtisch, vor den Augen des allmächtigen Staatssicherheitsdienstes.

Ein kleiner Schritt nur, ein Funken im Kopf der Organe, und der Zusammenhang mit einer Person, die untreu geworden, die verraten und betrogen hat, ist gegeben.

Aber wen und was betrogen? Die Partei? Wie? Den Staat? Wann und wo? Durch Taten? Durch welche? In Gedanken? Vielleicht! Und mit einem solchen Menschen standet ihr armen Photographien in Verbindung.

Das lässt sich nicht mehr abstreiten. Jetzt haben wir euch.

XIII.

Der Slansky-Prozess stand vor der Tür. Meine Beklommenheit erreichte ihren Höhepunkt.

Täglich hörten wir von neuen Verhaftungen, neue Namen standen auf der Liste. Es wurden verschiedene Aktionen gestartet. Tausende von Menschen wurden zu manueller Arbeit überführt, obwohl sie ihr Leben lang Intelektuelle gewesen waren. Und wen das betraf, der musste seine Wohnung verlassen und wurde der Stadt verwiesen. Einen trieb man aus Zilina ins Donautal, den anderen liess man in die entgegengesetzte Richtung fahren. Hauptsache, man wurde geschoben, von der Stadt aufs Land, von Ort zu Ort.

Terror, Terror, Terror, Angst, Ohnmacht. Das war die Devise der Zeit. Jeder hatte vor jedem Angst.

Der Prozess war da.

Wir sassen jeden Tag am Radio, hörten, was zu hören unwahrscheinlich war, die Grenzen des Erfassbaren waren erreicht.

„Ich Slansky, ich Fischl, ich..., ich..., ich..., jüdischer Abstammung, habe mich in die Partei eingeschlichen um sie und den Staat von innen zu untergraben. Ich stand im Dienste der Zionisten, die um die Weltherrschaft rangen, im Dienste der Kapitalisten, die den Sozialismus vernichten wollten, und ich war bereit das tschechische Volk für die Interessen der Imperialisten zu opfern."

„Ich", begann die Antwort, noch bevor die Frage gestellt wurde.

Tragische Gestalten standen zwischen den Richtern, denn nicht nur die in Roben am Tische sassen, sondern alle Anwesenden waren Publikum und Richter zugleich, Ankläger und Verfälscher der Wahrheit, perfide Ideologen und Henker.

Die Richter und die anderen hatten es leicht, denn sie mussten ihre Aufgaben nicht auswendig lernen. Die Angeklagten waren die Schauspieler, s i e waren bloss Regisseure.

Das traurigste Schauspiel, das der Welt geboten wurde, denn es ging nicht nur um physische Liquidierung, sondern um geistige Diffamierung, um öffentliche Erniedrigung des Geistes, um das Zermalmen der Charaktere der Menschen, die als Kommunisten allen Foltern und Qualen in den nazistischen und faschistischen Gefängnissen standgehalten hatten.

Kann man da kommentieren, kann man für dieses makabre Schauspiel eine Benennung finden?

Es gab alte Kommunisten, die aus irgendeinem Grunde noch nicht sassen. Manche von ihnen kamen zu mir, sie kamen, setzten sich sprachlos nieder, unfähig, Gedanken in Worte zu kleiden.

„Ich schäme mich", sagte der eine, „ich fühle mich mitschuldig", stöhnte der andere. Und beide waren ihr Leben lang ehrliche Kommunisten, ihrer Ideologie ergeben, mit jedem am Leben Bedrohten in Kampf und Moral vereint.

Auch sie wurden von ihren Arbeitsplätzen verwiesen, auch auf ihnen lag die Schwere der Zeit. Der eine war alt, als Angeklagter unbrauchbar, warum aber hatte man den anderen nicht verhaftet? War das heute denn logisch, frei herumzulaufen? Vielleicht, weil er ein schwerkrankes Kind daheim hatte? Lächerlich. Haben diese Leute vor einer solchen Kleinigkeit halt gemacht? Haben sie denn nicht rücksichtslos in jede Wunde geschnitten, um das Leben noch unerträglicher zu machen?

Der Kreis wurde enger und enger.

XIV.

Nach den Masern bekamen meine Kinder im Frühling Keuchhusten. Sie wurden schwach und schrecklich mager. Sofort nach der Arbeit lief ich nach Hause, um sie zur Donau zu führen. Bei Keuchhusten braucht man Luftveränderung! Sie waren so schwach, dass sie nichteinmal zu Fuss zum Autobus gehen konnten. So musste ich immer den einen auf Händen tragen um nach einigen Schritten den anderen an seiner Stelle zu heben. Und wenn es mit ihnen schon gar nicht ging, führte ich Dan an der Hand (Du bist ja der Grösste!) und die Zwillinge, einen auf dem Rücken, den anderen vorne aufgehängt. Und so ging ich tagein, tagaus denselben Weg, den kranken Kindern „Luftveränderung" an der schönen blauen Donau bietend.

Leute auf der Strasse kannten mich schon, nannten mich „die mit den Kindern", und nicht selten wandten sie ihr Antlitz weg, damit sie nicht dieses Schauspiel miterleben mussten. Denn dasselbe Bild wochenlang zu sehen, auch das wird einem zuwider.

Natürlich fand sich keiner, der mir geholfen hätte, diesmal nicht aus politischen Gründen, aber aus blosser Angst. Keuchhusten! Bei Erwachsenen könnte es gefährlich werden.

Das sollte jedoch nicht das Ärgste sein. Was nachher kam, das schien schon unerträglich zu sein. Unerträglich? Vielleicht für ein Pferd, aber nicht doch für einen Menschen!

XV.

Im August wurde mir ein Dekret zugestellt. Meine Wohnung wurde beschlagnahmt und mir ein Zimmer am Franziskanerplatz Nummer 5 zugeteilt.

In dieses Zimmer konnte man durchs Wohnzimmer einer alten Gräfin, einst der Inhaberin der ganzen Wohnung gelangen. Durch ihr Wohnzimmer hatte ich also mit drei kleinen Kindern ein- und auszugehen. So musste ich mir Wasser holen, auf das WC gehen, Tag und Nacht sollten sich unsere Blicke treffen und Interessen kreuzen.

Wie leid du mir tatest, arme Gräfin. Drei kleine Wildfänge mit einer alten Gräfin!

Ein und aus wären sie gelaufen, zwischen ihren Antiquitäten hätten sie Verstecken gespielt, an den Nerven der Alten gezerrt, und wahrscheinlich einen neuen Schrank gefunden, von dem man vielleicht noch besser hinunter pinkeln konnte als von dem schon unter Beweis gestellten eigenen Kasten.

Was hätten sie alles gemacht, wenn die Gräfin nicht, ja, wenn sie nicht alle Türen verschlossen, auf tausend Schlösser verriegelt hätte, sodass sie sich selbst nicht mehr zurechtfinden konnte. Auch mich schloss sie in mein Zimmer ein. Vergebens rief ich protestierend um Hilfe. Sie, die achtzigjährige fand nie die Schlüssel, um mich aus meinem Kerker zu befreien.

Warum gab sie überhaupt das Zimmer frei?

Hatte sie denn jemand gefragt, ob sie bereit sei, jemand in ihre Privatwohnung aufzunehmen, die Frau Gräfin? Hatte jemand auch nur einen Augenblick daran gedacht, dass er eine Frau mit Kindern mutwillig in eine kritische Lage drängte? Alte Gräfin, wer kümmert sich denn schon um ihr Wohl oder ihren Willen gar! Und wen geht das etwas an, was mit mir geschieht. Ist es nicht schön, dass man mir ein Dach über dem Kopf liess?

Eine Gräfin, und die Frau eines politischen Häftlings, ist das nicht ein wunderbares Paar, das von einer kommunistischen Gesellschaft so schön zusammengestellt wurde?

XVI.

Der Nationalrat, NV genannt (welch' stolze Bezeichnung) beschloss, mich aus meiner Wohnung zu delogieren, um sie dem Genossen Hrabovsky zuzuteilen.

Wer war dieser Hrabovsky? Niemand wusste etwas über ihn. Eine graue Eminenz anscheinend. Ein Mann, der die politische Schule in Prag absolviert hatte, kam und hier war er.

Er begann im Innenkommissariat zu arbeiten und je undurchsichtiger seine Mission war, desto mehr Angst hatte die Umgebung vor ihm. Ihm zu Diensten standen selbstverständlich vor allem Menschen, deren Hintergrund genauso unklar war und die selbst in ständiger Angst lebten.

Einer von diesen war Dovala, der erschrocken in seinen eigenen Schatten blickte, ein Feigling und noch dazu nicht normal. Eine Gefahr für die Menschheit. Wenn er an Macht ist, weh den Betroffenen. Ein Psychopath, unfähig Situationen zu überblicken, ohne zu wissen, wann er die Grenzen des Möglichen überschreitet. Angstbesessen, treibt er sich selbst zu Taten, deren Voraussetzungen und Folgeerscheinungen unbestimmt, unkontrollierbar und unberechenbar waren.

Dovala nahm nun den Stuhl meines Mannes ein. Er bemächtigte sich nicht nur seiner Abteilung, sondern auch aller Schriften, aller Arbeiten. Manuskripte von Vorträgen meines Mannes waren nun in seiner Macht, und er erdreistete sich sogar, diese als sein eigenes Geistesprodukt vorzutragen.

Welch kultureller Raub und welche geistige Diffamierung!

Seine Verwegenheit ging so weit, dass er die Geistesprodukte meines Mannes unter seinem Namen veröffentlichte. Und das war ein Fehler, denn die Sprache und die Gedankenwelt meines Mannes war charakteristisch und erkennbar.

Doch viel zu viel wäre hier verlangt vom Erfassungvermögen des Zwerges in kommunistischer Riesengestalt.

Man erwischte ihn und wenn er auch nicht wusste, dass man seine Taten Plagiat nannte, denn sowas spielt bei diesen Kreaturen keine Rolle, trug er dazu bei, dass die Gestalt meines Mannes hier in Dimensionen wuchs, die seine Potenz hätte gefährden können. Mein Mann wurde gefährlich, sein Feind, folglich also ein Staatsfeind.

Diese nun erworbene Überzeugung trug er in aller Öffentlichkeit vor.

Er wusste, dass mein Mann Verrat üben werde, er hatte schon längst darauf aufmerksam gemacht, er sah die Dinge kommen und er musste sie nun öffentlich an den Pranger stellen.

Genosse Hrabovsky brauchte eine Wohnung und er hatte einen Verbündeten gefunden. Die Frau eines politischen Häftlings wohnt in einer Wohnung, hinaus mit ihr! Und wir haben die Wohnungsfrage so auf hervorragende und politisch verdienstvolle Art gelöst. Das war der richtige Zugang zu Problemen, das war die sozialistische Gesetzlichkeit.

So wurden politische Feinde vernichtet, und gleichzeitig wies man seinen Dienst einem Potentaten zu, der, man konnte es nicht wissen, einmal etwas ganz Grosses werden würde.

Nein, Genosse Dovala, die Sache ging nicht ganz auf. Ich wurde zwar aus der Wohnung vertrieben, aber Herr Hrabovsky war der Mühe nicht wert.

Ja, ein politisch Lied ist ein falsches Lied und sogar bei Menschen der Unterwelt kam es einmal zum letzten Klang. Auch Herr Hrabovsky wurde an einem schwachen Punkt getroffen, und das gerade, als über menschliche Werte gesprochen wurde.

Als es nach einigen Jahren zur Scheidung des Ehepaares Hrabovsky kam, traten die dreckigsten Dinge ihres bisherigen Lebens zutage. Bei Menschen dieser Art, konnte es ja gar nicht anders sein. Charakter ist keine Sache, die man in der politischen Schule mitbekommt. Doch im Scheidungsprozess bediente man sich auch solcher Argumente, die rein menschlich gesehen, ethisch klingen.

,,Du hast eine Mutter mit drei Kindern auf die Strasse hinausgetrieben, im eiskalten Winter, vor Weihnachten", klang die Beschuldigung der betrogenen Gattin, ,,und Du hast dort gut, zufrieden und ohne Gewissensbisse gelebt", die Antwort des rabiaten Ehepartners.

Beide lebten sie dort, ohne Gewissensbisse, in Freuden und im Taumel ihrer roten Welt. Doch dann schlug der Gatte seine Frau, quälte seine Kinder, so dass sie sich bei Nachbarn vor ihrem Vater verstecken mussten. Er gestattete, auch im kalten Winter nicht zu heizen, denn bei der Kohlenknappheit, die die Wirtschaft bedrohte, durfte er der Gemeinschaft keine Kohle abschöpfen. So sagte er es wenigstens. Er wollte durch seine kalten Zimmer die Wirtschaft der Tschechoslowakischen sozialistischen Republik retten.

Sein Geselle Dovala wurde jedoch gegangen, seine Einschüchterungspolitik hatte ihren Einfluss verloren.

Für mich zu spät, ich musste bis dahin, den Kelch bis zur bitteren Neige leeren.

XVII.

Mit dem Ausweisungsdekret ging ich zum Nationalausschuss. Ich wollte einen guten alten Bekannten aufsuchen, den ich schon seit Jahren kannte.

Einst war er der Fussballtrainer meines Mannes im Makkabi Bratislava gewesen. Er war kein Jude. Er war ein Arbeiterfunktionär schon vor der kommunistischen Ära gewesen. Sein Gefühl mir gegenüber hatte eine gewisse väterliche Note und demgemäss gebrauchte er auch in Gesprächen mit mir einen biederen Ton, als wäre er der Tutor meiner Familie. Das tat gut. Er dutzte mich, wie das allgemein üblich war, in diesem Fall war es auch der Ausdruck eines gewissen Zusammengehörigkeitsgefühls.

Ich ging also zu ihm mit der bangen Frage: Würde er auch jetzt diese Position einnehmen?

Er sass hinter rot tapezierten Türen, die er immer offen hielt. Es konnte ja geschehen, dass irgendein Bekannter vorbeiging und nicht sah, wie sich Kertesz in seinem Büro hinter einem Schreibtisch aus Eichenholz, in einem prächtigen Lehnstuhl gepresst, ausnahm.

Als er mich in der Mitte der Wartenden erblickte, kam er hinaus, umarmte mich väterlich, nahm mich bei den Schultern und führte mich mit den Worten „was ist denn Neues, was ist geschehen, Mädel?", aus der Reihe der Wartenden in sein Zimmer hinein.

Wortlos zeigte ich ihm das Dekret. Ein Blick ins Papier, und sein Blick verfinsterte sich. Er schaute düster in das schreckliche Dokument. Er kannte zu gut dieses vervielfältigte Formular und ohne es durchzulesen wusste er, welches Urteil darin über mich gesprochen wurde. Seine Unterschrift musste die Durchführung der Order formell bekräftigen.

„Nein", sagte er entschlossen, seiner inneren Stimme folgend. „Nicht, solange ich auf diesem Platze sitze. Nicht mit m e i n e r Unterschrift!"

Die verborgene Menschlichkeit rang sich durch, denn es muss doch in jeder Welt menschliche Menschen geben, die sich hinter eine gerechte und edle Sache stellen, die der Gewalt und Ungerechtigkeit Einhalt gebieten wollen.

Mein Herz jauchzte vor Freude. Bei diesem Mann konnte mir gar nichts passieren. Mein Herz konnte noch jauchzen, ja es konnte - es wusste doch nicht, was noch weiter passieren würde.

Aber. Warum sollte ich mich eigentlich so unbeschwert freuen? Hatte ich denn nicht schon ähnliche Situationen mitgemacht, hatte ich nicht ein gleichartiges, nur andersfarbiges System im Krieg miterlebt? War ich nicht zum Spielball der Mächtigen geworden, hatte ich nicht den Verrat einiger „Freunde" erlebt?

Ja.

Es gab aber auch eine Menge guter Freunde. Schliesslich und endlich wäre ich ohne ihre Hilfe heute nicht hier mit hoffendem Herzen gestanden. Warum sollte ich also jetzt nicht glauben? Der Glaube an sich gibt schon Kraft und erhält den Menschen.

In den Minuten, die ich dastand, zogen mir Gedanken durch den Kopf, die den Wert der Freundschaft beurteilen sollten.

Es gibt verschiedene Charaktere im menschlichen Wesen. Die einen sind Freunde, weil der andere etwas zu bieten hat, oder weil man das Wandeln an seiner Seite zum eigenen Vorteil nützen könnte. Wenn so ein Freund abspringt, ist das ein Verrat? Nein. Es ist nur ein wahrer Ausdruck der Gedankenwelt des betreffenden Menschen mit dem sicherlich keine seelische Verbindung bestehen kann. Freundschaft beruht auf gegenseitiger Verbindung von Interessen, Ideen, Beziehungen, Zuneigungen, wo man sich immer neben dem eigenen Wohl auch das Wohl des anderen vor Augen hält, wo manchmal Opfer vor das eigene Interesse gestellt werden. Und solcher Freunde gibt es wenig, sie können nur in der Not getestet werden.

In meinem Leben gab es zwei Zeitabschnitte, die so manchen auf die Probe stellten. Die erste Etappe wollte ich schon vergessen.

Warum sollt' ich denn jetzt nicht glauben?

Heute, da noch alles so frisch in Erinnerung war, da man zu ganz anderen Schlussfolgerungen über menschliche Werte gelangen sollte, heute sollte ich die Hoffnung aufgeben, weil sich die Zeiten so glichen. Menschen sind ja nicht zeitbedingt, sie leben mit ihrer Ethik über Zeit und Raum, denn sonst könnte ja von absoluten moralischen Werten nicht die Rede sein. Absolut, in den Beziehungen zwischen Mensch und Freund, absolut, laut den althergebrachten Werten. Natürlich gibt es keine absolute Moral. Beziehungen zwischen Menschen und Freunden sollten sich jedoch wenigstens an ihre Grenzen halten.

Genosse Kertesz hatte inzwischen spekuliert. Er stand auf und führte mich ins Nebenzimmer, wo sein Freund, der auch unser guter Bekannter war, arbeitete.

,,Schau, Jurko, welchen Beschluss die Genossin bekommen hat. Auch du hast den Lacko doch gut gekannt, ihr habt doch im Fussballklub zusammengearbeitet. Was meinst du? Sollten wir nicht ein Gesuch für sie schreiben und es auch kurzerhand erledigen?"

Jurko war auch ein alter Revolutionär. Hier sass er hinter

einem riesigen Schreibtisch und schaute imposant aus. Kleider machen Leute.

Die Übereinstimmung zwischen den beiden war klanglos und wirkungsvoll. Die Sekretärin schrieb mein Gesuch, ich unterschrieb es und mit einem Händedruck verabschiedeten wir uns.

Diesmal verstanden wir uns alle drei und dachten an die gute, rettende Tat.

Ich lief fassungslos nach Hause, rannte, um Dan die gute Nachricht mitzuteilen.

War es aber richtig, die sechsjährige Kinderseele mit meinen Sorgen zu belasten? Was verstand wohl ein sechsjähriges Kind von all dem? Hatte er überhaupt etwas begriffen?

Ich hatte mir darüber meinen Kopf nicht zerbrochen. Er hörte zu, er registrierte alles und es schien mir, dass er sein Interesse an den Geschehnissen bekundete. Und für mich schien es eine Lebensfrage zu sein, mich jemand anvertrauen zu können, der mir nahe stand.

XVIII.

Als ich den Kindern einmal im Kindergarten die Schuhe anzog und daran ging, hockend meine Arbeit zu verrichten, rief mich die Leiterin des Kindergartens zu sich.

,,Mütterchen", so wurden dort alle Mütter genannt, ,,kommen Sie zu mir, ich will Ihnen etwas sagen".

Kaum hatte ich mich gesetzt, begann sie mir Vorwürfe zu machen, zwar sanft aber doch energisch.

,,Mütterchen, Sie machen aus Ihrem Dan eine Pflegerin! Ich weiss, ich weiss alles", setzte sie fort, als sie mein enttäuschtes und entsetztes Gesicht sah. Sie fuhr nun noch viel sanfter fort und mit ihrem Lächeln wollte sie auch die beabsichtigte Strenge verwischen. ,,Ich weiss, Mütterchen, Sie haben es nicht leicht. Dan ist aber, bei Gott, noch ein Kind. Nehmen Sie ihm nicht seine Kindheit, Sie haben kein Recht dazu! Ich beobachte das Kind schon lange. Sein ganzes Leben scheint der Sorge um die Kleinen gewidmet zu sein. Heute habe ich einen Versuch gemacht. Ich schickte Dan in eine andere Klasse, im ersten Stock. Und Dan, sitzt dort im Winkel und grübelt. Ich glaube, dass Sie ihn zu sehr belasten, und ich muss Ihnen nochmals sagen, Sie haben kein Recht dazu. Nehmen Sie ihm nicht seine Kindheit, er ist ein Kind, und er hat das Recht ein Kind zu sein!"

O, wie recht hatte sie, die erfahrene Lehrerin! Es war unmöglich, da etwas zu erwidern, und ich ging mit dem Bewusstsein eines Menschen, eine Missetat begangen zu haben, ohne einen Ausweg finden zu können.

„Gebe acht auf die Kinder, weh dir, wenn ihnen etwas passiert. Du bist ja der Grosse. Du musst Verstand haben!"

Als ich sie morgens in den Kindergarten führte, gab ich Befehle, die abermals in gezielten Aufforderungen endeten. „Folgt immer Dan, er ist der Grosse. Hörst du, Dan? Du musst auf sie aufpassen!"

Und ihm wollte ich immer alles erzählen, damit es für mich leichter war, mit den Dingen fertig zu werden. Hatte sie nicht recht, die erfahrene Lehrerin?

Also schweigen, Mütterchen, behalte alles für dich. Fragt denn jemand danach, wie dir zumute ist? Und wenn er auch fragte, was änderte das an der Sache? Ein Fremder hört zu und geht weiter. Kannst du ihm da etwas nachtragen? Vielleicht ist er vergrämt, weil er gerade keine Kinokarten bekommen hat. Was weist du denn von seinem Leben? Doch Verständnis kann man nur von den Nächsten, von den Betroffenen erhoffen.

Recht hattest du, du erfahrene Lehrerin, aber wem sollte ich denn alles erzählen, wenn nicht meinem grossen Sohn?

Und ihm hatte ich die freudige Nachricht mitgeteilt.

Doch es verging kaum ein Monat, und ich stand abermals vor derselben, rottapezierten Tür, die weit offen stand. Man konnte sehen, wie jemand drinnen stramm stand, bescheiden sprach, die bittenden Augen festgenagelt am Gesicht meines guten Bekannten, der mich immer bei den Schultern nahm, Mädelchen nannte und mich seiner Freundschaft versicherte, denn „du weisst ja, den Lacko, den hab ich fast erzogen, ich sah ihn vor mir aufwachsen, ich kenne ihn, wie meinen Sohn."

Nach einem Monat stand ich also abermals, voller Hoffnung, im Vorzimmer, auch wenn meine Erwartungen diesmal unbestimmt waren... Ich hielt ein Dekret in der Hand, das den Beschluss annullierte, meine Wohnung auf der Mamatejstrasse 28 weiter zu bewohnen. Und dieser neue Beschluss war leider schon die Antwort auf das zu dritt zusammengestellte, von der Sekretärin geschriebene und gut durchdachte Gesuch. Diese negative Antwort war von meinem guten Bekannten, der den Lacko so ins Herz geschlossen hatte, unterschrieben.

Er erblickte mich in der Masse der Wartenden und ich bemerkte sofort eine Unruhe in seinem Gesicht.

Er erledigte die Partei, die ihn gerade mit ihren Bitten belästigte und rief meinen Namen durch die Tür. Schuldbewusst trat ich ein, denn es standen noch einige vor mir, doch sein Ruf schien mir ein gutes Zeichen zu sein.

Diesmal verschloss er die mit rotem Samt tapezierte Tür, und ich wusste nicht, was das zu bedeuten hatte. War es ein gutes, war es ein böses Zeichen? Hatte er mir etwas Gutes mitzuteilen, was andere nicht hören sollten, wollte er, dass man mich nicht bei ihm sah? Ungewöhnlich war es jedenfalls.

Als die Tür hinter mir ins Schloss fiel, fragte er mich leise, mit erschrockenem Gesicht.

„Sage, Genossin, ist das wahr, dass dein Mann ein Zionist war?"

Und die Frage klang so, als ob er wissen wollte, ob es wahr sei, dass mein Mann ein Mörder wäre.

Hier hörte ich wieder einmal, von einem gewöhnlichen Menschen jedoch, diese schreckliche Beschuldigung. Dann hörte ich sie noch sehr oft, und immer war es für mich ein Schock.

Ich wusste nicht in welchem Zusammenhang das mit meiner Wohnung stand. Was hatte das in Bezug auf meine Kinder zu bedeuten? War das ein Grund, eine Mutter mit drei Kindern aus der Wohnung hinauszuwerfen, ihnen ihren Vater zu rauben, das Dach über dem Kopf abzubrechen, den Ernährer einer fünfköpfigen Familie zu verhaften?

Erst nach einer Pause, die mir die erste Bestürzung zu überbrücken helfen sollte, sagte ich ganz leise, als käme meine Stimme aus einer anderen Welt.

„Wie fragtest du das, Genosse, und was fragst du da eigentlich? Ich muss d i r , gerade dir etwas über meinen Mann erzählen?"

„Na, gut, gut, Genossin, lassen wir das. Ich, selbstverständlich, du weisst es doch, man hat mir nur so gesagt. Ich, du weisst ja... Als wir deinem Gesuch entsprochen haben, bekam ich von oben eins aufs Dach. Der Beschluss wurde sofort rückgängig gemacht, und ich, du weisst ja... Vielleicht wird es am besten sein, wenn du die Sache so lässt, du weisst ja, heute kann man nie wissen, es kann manchmal auch ärger sein, es könnte noch schlimmer werden".

„Sage, Genosse, und zu denen da oben kann man nicht gehen?", begann ich sachlich. „Vielleicht kann man die Dinge persönlich besser erklären; auch das sind ja nur Menschen, vielleicht sind sie sogar Väter?" (biologisch gesehen sicherlich, aber menschlich? Wie kam ich auf eine solche Idee?)

„Ich weiss nicht, ich weiss nicht. Versuch's mit der entsprechenden Abteilung beim Kreisnationalausschuss" (KNV genannt).
Ich ging.

XIX.

Die Sekretärin am KNV empfing mich. Ich erzählte ihr den Grund meines Besuches, mit der genauen Beschreibung der Lage, und ich fühlte, dass sich ihr Frauenherz mir zugewandt hatte. Sie ging zu ihrem Chef und ihr Blick war warm. Schweigend verriet sie mir, dass sie voll an meiner Seite stünde.
Der Abteilungsleiter emfing mich. Er hiess Zapotocky, komisch, genau wie der spätere Staatspräsident.
Meine Geschichte, die ich fast stereotyp wiederholte (ich habe drei Kinder...) war erschütternd. Sein Gesicht nahm menschliche Formen an, es schien der Situation angemessen zu sein, und er versicherte mir, innerlich entrüstet, sein Interesse.
„So geht das doch nicht, das ist gesetzeswidrig. Wir behandeln Wohnungsprobleme und fassen Beschlüsse, wir fällen keine politischen Urteile. Brigen Sie mir Ihre Berufung gegen den Bescheid des Nationalrates, gleich morgen, und übergeben Sie sie mir persönlich."
Ich schrieb den Widerspruch und erwog jedes Wort, das ich einsetzte. Anderntags ging ich zu dem Genossen, der mich bat, mein Gesuch in seine Hände zu geben.
Die Sekretärin war die letzte Instanz, zu der ich mich durchringen konnte. Als sie mich erblickte, erhob sie sich, mich beim Abteilungsleiter zu melden.
Sie war lange bei ihm, oder es schien mir nur so, eine Ewigkeit, und als sie aus dem Jenseits auftauchte, stand Herr Zapotocky in der Tür.
Bevor ich ihm noch, mit einem vorbereiteten Lächeln, mein Gesuch übergeben konnte, erklärte er mir kurz.
„Es tut mir leid, in Ihrer Sache kann nichts getan werden. Ich sprach mit den Genossen oben, die mir erklärten, die Sache gehöre nicht in meine Kompetenz. Ich dürfte das gar nicht sagen, aber was soll ich tun? Über Ihre Sache wird im Innenkommissariat entschieden und sie liegt in der Hand eines Genossen Dovala."
Vielleicht bemerkte er, vielleicht auch nicht, wie mir das

Blut aus dem Gesicht wich, aber beide, er und die Sekretärin verabschiedeten sich von mir freundlich, doch nicht allzufreundlich, damit das Mass der erlaubten Freundlichkeit gewahrt wurde. Man konnte nie wissen!

XX.

Ich ging zum Amt des Regierungsbeauftragten für Inneres, in dem mein Mann einst einen hohen Posten inne hatte.

Jede Zeit formt ihre Menschen, jede politische Ära hat ihre Typen.

Diese Zeit, war die Zeit kleiner Menschen, kleiner, sehr kleiner Individuen. Auch der Portier war ein grosser Herr. Ich hasste die Portiers, die jeden Morgen die Ankunft am Arbeitsplatz vermerkten, die darüber entschieden, ob man in ein Büro überhaupt hereingelassen werden konnte. Fast durchwegs primitive Menschen, sonst könnten sie doch auf einem höheren intelektuellen Niveau stehen als ihr Chef, und es dauerte eine Ewigkeit, bis er den Durchlassschein ausgestellt hatte. Welche Wichtigkeit mass er sich bei, als er den Tag, die Stunde, den Namen des aufzusuchenden Referenten und dazu noch die Nummer des Personalausweises vermerkte! Dazu schrieb er die Nummer des Zimmers, in dem der Referent sass. Da war er schon ganz überlegen, denn er schrieb etwas, was mir unbekannt sein sollte. Er duzte jeden, denn das war das Zeichen der Gleichstellung, er stellte sich dir in den Weg, als du einige Schritte vorgehen wolltest, er war der einzige, der entscheiden konnte, ob man nicht schon vor der Tür, unverrichteter Dinge, umkehren musste.

Und so begrüsste mich an jenem Tag der Zerberus des Innenkommissariats, ein Prototyp des widerlichen Pförtners. Jetzt war er der Starke, jetzt lagen Entscheidungen in seiner Hand. Wer konnte sich ihm entgegenstellen, wer wusste, ob dieser geistige Kretin nicht morgen oben sitzen werde! Helfen konnte er nicht, in dieser Hinsicht war er eine Null, aber schaden, das konnte er, und wie! Er stand in Verbindung mit dem Staatssicherheitsdienst, denn solche Individuen waren ihre Vertrauten, sie waren die Zuträger, die Angeber.

Es gelang mir, ihn einige Male zu betrügen. Mit der Ausrede, ich müsste mir Nachzahlungen zum Gehalt erledigen, ich benötigte eine Bestätigung, dass ich keine Unterstützung bekam, schlüpfte ich durch.

Doch diesmal gab es einen Kampf. Ich erinnere mich an diesen düsteren Tag, regnerisches Wetter herrschte. Oder blieben mir alle Tage dieser Epoche als öde und regnerische im Gedächtnis? Aber dieser Tag war wirklich grau, als ich, erniedrigt und geschmäht an meiner Persönlichkeit, durch die Tür schlüpfte.

Ich musste nicht fragen, wo Dovalas Kanzlei war. Er sass in dem Arbeitszimmer aus dem man meinen Mann herausgeworfen hatte. Ich begegnete bekannten und neuen Gesichtern. Frau Ponfy, eine gute Seele, die gewesene Sekretärin meines Mannes, erschrak, als sie mich erblickte. Sie wollte mich zurückhalten, sie stellte sich mir in den Weg, sie wollte nicht zulassen, dass ich zu diesem Menschen gehe, denn sie war bemüht, mir Unannehmlichkeiten zu ersparen. Zuviel war das für einen Menschen, ihr, der Fremden, schien das Mass an Leid schon unerträglich zu sein.

Meine Grossmuter pflegte zu sagen: Gebe Gott, dass einem nicht soviel zustösst, wieviel man zu ertragen imstande ist. Ich selbst fühlte mich oft an der Grenze des Erträglichen, doch immer ertrug ich neue und neue Schläge. Aber ich musste durchhalten. Die Verantwortung war zu gross.

Ich liess mich auch von einem anderen Beamten nicht zurückhalten, der mich sogar damit abschrecken wollte, dass er über von Dovala drohende Gefahren sprach.

,,Sie setzen sich einer grossen Gefahr aus. Dieser Mensch ist ein gefährlicher Bösewicht. Ich würde lieber unter der Brücke schlafen, als diesen Verrückten um etwas zu bitten. Gebe Gott, dass ich nie in eine Lage komme, mich so erniedrigen zu müssen, diesem Individuum ‚bitte' zu sagen."

Wie leicht sprechen Sie, Genosse, der Sie aus einem Arbeiter zum Fachmann im Strafrecht ausgebildet wurden! Sie fühlen sich sicher, sie kommen nach Hause, in ihre aufgeräumte Wohnung, alles finden sie an seinem Platz und ihr Familienleben geht ungetrübt weiter. Was wissen Sie, was ein zerschlagenes Heim ist, was verstehen sie von den Leiden einer zerstörten Familie. Haben Sie eine Ahnung, was Flucht und Entbehrung, Verantwortung und seelischer Druck bedeuten? Fragen Sie mich. Und wenn Sie es wissen wollen, Sie und alle anderen mit Ihnen, so will ich es Ihnen hier erzählen.

XXI.

Kaum zwanzig Jahre alt hatte ich geheiratet. Mein Mann war der Führer der jüdischen Jugend unseres Städtchens, die in die engen Grenzen ihres eigenen Kreises verwiesen wurde. Nur sechs Monate verheiratet, blieb ich allein, denn meinen Mann hatte man unter der Beschuldigung, Führer und Erzieher der kommunistischen Jugend zu sein, verhaftet. Noch nicht zwanzig, musste ich aus meinem Heim, in dem ich mit meiner Schwiegermutter wohnte, flüchten, um der Deportation nach Polen zu entgehen. Unter unmenschlichen Bedingungen hatte ich mich zweieinhalb Jahre versteckt, wurde einmal ausgebombt und einmal verbrannte alles Hab und Gut im Bunker, in dem ich mich versteckt hielt.

Und du willst mir erzählen, es wäre besser unter einer Brücke zu wohnen? Du kannst so sprechen, du naiver Genosse, du weisst ja nicht was Verfolgung ist. Ich weiss es.

Blutjung wurde ich schon ein gehetzter Flüchtling, in ständiger Lebensgefahr. Mit neunzehn Jahren blieb ich allein, mit neunundzwanzig abermals, vielleicht nicht in direkter Lebensgefahr, aber in Lebensnot, die unerträglich schien. Mir schien, es gäbe hier nur einen qualitativen Unterschied, weil damals geteilte Not halbe Not war.

Diesmal war ich allein, ganz allein.

Für meine Eltern sorgten die Nazis auf ihre Art, für meinen Mann der kommunistische Staatsicherheitsdienst.

Ich weiss ja nicht einmal, wo er sich befindet!

Ich bin umgeben von meinen drei kleinen Kindern, in deren Augen schon jetzt die Angst tief eingegraben ist, Genosse, sie sind drei und sechs Jahre alt, und meine einzige Stütze. I h n e n erzähle ich, was ich getan, was man mir gesagt, was wir zu erwarten haben. Verstehen Sie? Verstehen Sie nicht? Wem sollte ich das alles erzählen? Menschen lieben es nicht, in das Leid eines anderen einbezogen zu werden, und es war auch nicht meine Absicht, Sie damit zu belasten.

Nun, sagen Sie, Genosse, habe ich eine andere Möglichkeit, als zu gehen, zu bitten, mich zu erniedrigen, auch vor dem Teufel selbst? Kann ich etwas dafür, dass wir in solchen Zeiten leben, in denen der Abschaum der Menschheit am Ruder ist? Was bleibt mir übrig?

Der Faschismus wurde vernichtet, wir wurden befreit. Wir überlebten und hatten nicht den Mut aus diesem Staat hinaus, in unser Land zu ziehen. Der Nazismus und sein Geist lagen geschlagen darnieder. Der Kommunismus siegte. Konnte denn auch der für uns gefährlich werden?

Wir waren loyal, obwohl in der Mitte derer, die uns einst ins Gesicht gespuckt hatten (recht geschieht uns!), wir fühlten uns mit dem slowakischen Volk eins, vertraten seine Interessen und waren mehr Slowaken als die Slowaken selbst. Aber jetzt, jetzt ist es aus. Durchhalten, überwinden, sich und die Umstände, aushalten, nicht nachgeben, siegen. Und dann, dann des eigenen Weges gehen. Darum ist es mir egal, wie ich jetzt behandelt werde, mit wem ich spreche. Auch dem Satan stelle ich mich entschlossen entgegen.

XXII.

Ich schlüpfte in Dovalas Kanzlei, wo einst mein Mann residierte.

Er sass am Schreibtisch und schaute gar nicht auf, obwohl man mich angemeldet hatte. Ich sah am Gesicht der Sekretärin, dass sie mutig darum hatte kämpfen müssen, um mir auch nur den Empfang zu ermöglichen. Denn solche Leute schauen der Wahrheit nicht gern ins Auge, sie hören nicht gerne das verdammte „j'accuse"

Er sass und las. Ich brach die Stille, als ich seine Missachtung nicht mehr ertragen konnte. Ich überwand mich, setzte meine Worte in eine schon einstudierte Tonleiter. Ich selbst war überrascht, wie es mir gelang, meiner selbst Herr zu werden.

„Genosse Dovala, ich bin gekommen, um Hilfe in meiner Wohnungsfrage zu bitten", sagte ich ruhig.

Er schaute mich nicht an und starrte in seine Papiere.

„Das gehört nicht zu mir, wenden Sie sich an den Nationalausschuss", log er unverschämt.

„Ich weiss, ich war dort, ich war auch beim KNV. Ich war überall, bis mir gesagt wurde, dass Sie hier entscheiden, dass die unten auf Ihren Befehl handeln."

Das riss ihn schon von seinen Papieren empor, und er schrie empört.

„Wer hat Ihnen das gesagt?"

Nach einer Weile setzte ich meine abgedroschene Rede fort, als hätte ich seine Frage nicht gehört.

„Genosse Dovala, ich habe drei kleine Kinder. Es ist uns sehr bange zuhause ohne unseren Vater. Doch wir leben wenigstens in unserer Wohnung. Was wird mit uns nach der Delogierung geschehen?"

„Ihr Mann ist im Gefängnis und wir brauchen Ihre Wohnung." Auch so verriet er sich bereits, dass er dahinter stecke.

„Mein Gatte ist zwar im Gefängnis, aber über seine Schuld muss das Gericht entscheiden. Dass er unschuldig ist, davon bin ich überzeugt und ich hoffe, dass die zuständigen Organe gerecht urteilen werden. Aber, im welchen Zusammenhang steht denn seine Verhaftung mit meiner Wohnung? Oder haben sich meine Kinder etwas zuschulden kommen lassen? Mein Mann ist ja im Gefängnis und durch I h r e n Beschluss werden nicht er, sondern einzig und allein meine drei Kinder betroffen - wenn Ihnen schon an meinem Los nichts gelegen ist."

„So wurde entschieden, und Genosse Hrabovsky ist eine wichtige Person. Ihm kommt es zu, eine schöne Wohnung zu besitzen. Und ausserdem. Ihnen hat man ja eine Wohnung zugeteilt!"

„Keine Wohnung, nur ein Zimmer, und Sie wissen sehr gut, was für ein Zimmer das ist."

„Ins Ärgere geht man schwer, aber Sie müssen sich an diesen Gedanken gewöhnen. Nun ist Ihre Platte abgelaufen."

Ich wusste, alles sei vergebens, doch ich fuhr trotzdem fort.

„Auch andere Frauen haben Männer im Gefängnis und ihre gewesenen Arbeitgeber setzen sich für sie ein. Keiner dieser Frauen ist bisher noch etwas geschehen."

Er hob seine Schnauze, wie es Spürhunde tun, wenn sie etwas in der Luft wittern, und er ging auf meine Andeutung ein, doch nicht so, wie ich es mir vorgestellt hatte.

„Kennen Sie eine solche Adresse? Geben Sie mir nur die Namen dieser Frauen an."

Ich erkannte meinen Irrtum, doch ich fuhr, als ob nichts geschehen wäre, fort.

„Und dann werden Sie mir helfen?"

„Ja, dann könnte Ihnen vielleicht geholfen werden."

Langsam drehte ich mich um, und antwortete ihm noch bedachter:

„Ich danke Ihnen, Genosse Dovala, für diesen Preis, danke ich Ihnen schön", und fügte noch hinzu: „Es tut mir leid. Enttäuscht bin ich jedoch nicht. So habe ich mir Sie vorgestellt, Genosse Dovala, Sie haben sich nicht geändert!"

Er schnellte empor, begann zu schreien und fuhr sich mit

der Hand nervös durch die Locken seiner Haare. Er heulte, als wäre er der Sinne beraubt.

„Alle habt ihr uns verraten. Jetzt erwartet ihr Hilfe von uns vom Regime, das ihr unentwegt verraten habt. Ihr habt euch mit den zionistischen Banden verbunden, die ihre Pläne zur Vernichtung unseres Staates und unserer Gesellschaftsordnung hatten und die eine antikommunistische Revolution entflammen wollten. Dank unserer Partei ist es gelungen, diese Banden unschädlich zu machen und den Staat vor Schaden zu bewahren."

Ich hörte mit ironischer Neugier zu und fragte nur: „Sie meinen mich oder meine Kinder?"

Dann ging ich aus dem Zimmer. Fast ungerührt war ich, vielleicht sogar voll neuer Kraft. Ja. Dieses jüdische Volk ist von Dovala nicht zu unterjochen und ich bin eine Tochter dieses Volkes.

Und schon ging ich einen Stock höher, geradeaus zum Poverenik (das war die Bezeichnung für den Minister der Slowakei). Ich konnte mir das erlauben, denn er hielt viel von meinem Mann, er schätzte ihn und war ihm verbunden. Und zu diesem Mann stand mir, es schien fast unglaublich, die Tür offen.

Ich erzählte ihm alles, in groben Zügen nur. Aber, schliesslich war er doch Dovalas höchster Vorgesetzter.

Er liess sich sofort mit Dovala verbinden, und ich stand bei diesem Telephongespräch neben ihm.

„Wie steht die Sache mit der Genossin Zitnan?"

Ich weiss nicht genau was die Antwort war, aber „Verräter, zionistischer Agent", das glaub' ich gehört zu haben. Der Poverenik unterbrach ihn einige Male und ich hörte ihn sagen: „Warte doch, um wen handelt es sich hier eigentlich? Aha!"

Der Poverenik legte den Hörer auf und schwieg eine Weile. Seine blauen Augen blickten traurig, und er schüttelte ohnmächtig seinen blonden Kopf.

Im weiteren Gespräch mit mir war er schon mutlos, ein unsicherer Poverenik. Er stotterte noch etwas, er werde die Sache noch untersuchen.

„Sie werden noch von mir hören. Geben Sie Ihren Kampf nicht auf, alles muss seine richtige Lösung finden."

„Es tut mir leid, Sie mit meinen Sachen belästigt zu haben", entschuldigte ich mich und ging.

Ich sah, dass kleine Bösewichte auch grosse Menschen einschüchtern können.

47

So ging ich nach Hause, mit dem guten Rat versehen, den Kampf nicht aufzugeben. Den Rat zu geben, ist leicht, im Kampf zu bestehen, unglaublich schwer.

XXIII.

Es kam die Zeit der Nächte, die ich schreibend verbrachte. Ich wandte mich an alle möglichen Ämter, bei denen ich hoffte, erhört zu werden. Ich wusste, dass mein Bemühen zwecklos war, aber ohne etwas zu unternehmen, findet man keine neuen Möglichkeiten, dem Ziel näher zu kommen. Im Leben darf nicht die Hoffnung und die zu ihrer Verwirklichung führende Tatkraft ausbleiben. Das war meine Devise, auch in Momenten der tiefsten Ratlosigkeit.

Als ich abends das Abendessen vorbereitete, läutete es. Ich sprang verstört auf. Ich öffnete und vor der Tür standen zwei Herren. Der eine hielt mir einen Ausweis unter die Nase, zog ihn jedoch sofort zurück. Ich sah natürlich nicht, was darin geschrieben stand, wer den Ausweis ausgestellt hatte. Es konnte ebensogut eine Mitgliedskarte der freiwilligen Feuerwehr oder eines Hundevereins sein. Es interessierte mich auch nicht.

Der mit dem Ausweis murmelte etwas, und ich glaubte zu verstehen, dass er vom Nationalausschuss sei.

Inzwischen drängte sich der andere durch und wollte den Schein erwecken, dass er der wichtigere Mann des Paars sei.

Es war Genosse Hrabovsky.

Die Amtsperson erklärte mir, dass das nun die Wohnung des Genossen Hrabovsky sei und dass ich daher, in eigenem Interesse, keine Schwierigkeiten machen möge.

Die Kinder hörten sofort mit ihrem Spiel auf und flüchteten sich instinktiv in den Schutz meines Rockes.

Hrabovsky wanderte inzwischen durch „seine" Wohnung. Er musterte die Bilder, las in den Papieren, die auf dem Tisch lagen. Ich trat an ihn heran mit den Worten: „Lassen Sie das gefälligst."

Mit gespielter Verachtung schaute er mich an und schob plötzlich die Papiere, mit einer Bewegung des Desinteresses beiseite.

XXIV.

Doch ich hatte kaum erfasst, was sich um mich herum tat. Mein geistiges Auge liess einen schrecklichen Film des Jahres 1942 an sich vorbeirollen.

Meine Eltern wurden ins Arbeitslager Sered verschleppt. Dort lebte und arbeitete bereits mein Bruder. Und da man im christlichen Slowakischen Staat keine Familienbande zerreissen wollte, deportierte man „nur ganze Familien", nicht ihre Mitglieder einzeln. Das nannte man „Humanität". Meine Eltern wurden von meinem Bruder, ihrem Sohn im Lager geschützt, da es seinem Vorarbeiter gelang, ihn als eine ausgezeichnete Arbeitskraft zurückzuhalten.

Das hatte natürlich keinen Einfluss auf das Vermögen, die Wohnung und auf alles andere, was die Eltern besassen.

Eine kurze Zeit blieben wir, mein Mann und ich, in der Wohnung und dachten, da wir noch nicht auf der Liste standen, dass wir hier ungestört weiterleben könnten.

Mein Vater war schwer krank. Sein Körper war zur Hälfte gelähmt und auch unter normalen Bedingungen konnte er sich nur mit Mühe bewegen. Die Umstände im Lager waren für ihn jedoch unmenschlich schwer.

Doch wir hatten mit den Eltern Kontakt und eines Tages erhielt ich von meiner Mutter eine Nachricht mit der Bitte, ich möge einen bequemen Stuhl und einen Wintermantel für den Vater schicken.

Es kam der Tag, an dem die Versteigerung der Wohnung und aller Habe beginnen sollte. Dem Wunsch meiner Mutter entsprechend, nahm ich die Dinge, die sie haben wollte und versteckte sie im Holzschuppen, den ich verschloss.

Um acht Uhr morgens versammelte sich die Masse vor dem Tor. Sie wartete auf die Versteigerung. Die Obrigkeit verspätete sich ein wenig, und die Ungeduld nahm an Intesität zu. Jeder wollte nahe zum Toreingang stehen, um dann einen besseren Platz zu ergattern.

Endlich kamen die Herren angerückt. Die Gardisten in ihren blank gewichsten Stiefeln, mit der Armbinde am Rockärmel.

Das Tor wurde geöffnet und der Mob zog in unseren Hof. Die Glücklicheren fanden in der Wohnung Platz, wo ich zusammengekauert in einer Ecke stand und meine, von Tränen erfüllten Augen, konnten das Geschehen, wie durch eine Nebeldecke, mitverfolgen.

Da trat plötzlich ein Mann in glänzenden Stiefeln an mich heran und mit ihm eine Nachbarin, die wie der Sinne beraubt, zu schreien begann.

„Ich sah sie, ja ich sah sie ganz genau, wie sie Sachen in den Holzschuppen trug. Dort hat sie sie versteckt, ja, dort müssen die Sachen sein", und fuchtelte mit den Händen herum wie eine Verrückte.

Ich war entschlossen mit meinem eigenen Körper des Vaters Wintermantel zu verteidigen, wenn mich nicht, ja wenn mich nicht jener Mann in Stiefeln niedergeschlagen hätte.

Und Menschen gingen umher, schauten sich die Dinge in unserer Wohnung an, wogen ihren Wert und Nutzwert ab. Sie nahmen Kleider, Töpfe, Bettdecken, Gläser, Möbelstücke in die Hände, schauten sogar neugierig unter die Betten, vielleicht war auch da etwas herauszuholen, erwogen, ob es sich auszahlte, die Dinge zu erwerben, ob der Preis wirklich günstig war (die Gardisten bestimmten den Preis eines jeden Stükkes). Einzelne rissen die Sachen an sich, andere schoben sie mit einer Geste der Missbilligung und Missachtung beiseite, genau so, ja ganz genau so, wie das jetzt eben Hrabovsky tat.

Doch wir schrieben jetzt das Jahr 1952.

Ich stand diesmal in der Mitte des Zimmers, die Augen nicht von einem Tränenschleier verhüllt.

Meine drei Kinder hielten sich an meinem Rock fest, als spürten sie, dass sich hier etwas Schreckliches, Schicksalhaftes abspielte. Wie auf Befehl, liessen sie von ihrem Spiel ab und alle drei drängten sich an mich heran, ihre dunklen Augen vor Staunen weit geöffnet.

Ich schaute mir den Hrabovsky an und verstand nur eines nicht. Wo hatte er diese schönen geglänzten Stiefel gelassen?

Meine ganze Kraft nahm ich zusammen und ich forderte ihn auf, die Sachen nicht zu berühren und die Wohnung sofort zu verlassen.

Er sagte noch etwas, es schien mir, dass er geschimpft, gedroht hatte, doch ich konnte das Geschehen nicht mehr fassen. In meinem Kopf hatte sich alles vermengt. Bürger, Deportation, Hrabovsky, gardistische Stiefel.

Ja, nur die Stiefel fehlten dem Genossen Hrabovsky.

Und immer wieder dachte ich, als ich die Zusammenhänge um Hrabovsky erfassen wollte, an die Vergangenheit zurück, an die unvergessliche Szene jenes Maitages und an die Ereignisse, die ihr vorausgingen und folgten.

XXV.

Anfangs verschleppte man nur Mädchen und Jungen, unverheiratet, im Alter von 16 bis 40 Jahren. Dann, „aus humanen Gründen", ganze Familien - man konnte ja nicht in einem Staat, mit einem Pfarrer an der Spitze, Familienbande zerreissen. Anfangs liess sich ein Vorwand hören, das man alle Deportierten nur zur Arbeit nach Polen schicke, dann, dann sagte man schon gar nichts dazu. Man verschleppte der Reihe nach Greise, Familien, Kinder, Säuglinge, Blinde, Verrückte und Genies, drängte sie in den Viehwagen und schickte sie in den Tod.

Und an der Spitze des Staates stand ein Pfarrer aus unserer Stadt.

Es waren Tage voller Angst, Unsicherheit und einer schrecklichen Vorahnung.

Unglaublich, kann man denn Greise, Verrückte, Kranke und Neugeborene zur Arbeit nehmen? Und warum mit solcher Hast?

Jede Woche wurden tausend Menschen durchs Auffangslager in Zilina geführt. Sie wurden von allen Enden der Slowakei dorthin transportiert. In Güterwaggons, zum Bersten voll, standen sie, mit kleinen Kindern in den Armen, stundenlang ohne Wasser, müde und leidend. Waggons wurden geschlossen und oft in sengender Hitze auf Nebengeleise geleitet.

Nach der Ankunft in Zilina waren sie nicht mehr dieselben Menschen, die vor zwei Tagen noch in ihrem gemütlichen Heim sassen und ihr Familienleben genossen. Ihr Aussehen hatte sich verändert, und die Not drückte schon jetzt ihren Willensäusserungen und ihrem Gehabe überhaupt ihren Stempel auf.

Es war nur eine Frage der Quantität, wie weit man sich gehen liess, wie weit man sich selbst überwinden konnte.

Doch, wenn auch die Verfolgten willenlos und zu Boden getreten dastanden, begann die Führerschicht zu agieren um Wege zur Rettung ausfindig zu machen. Man erzeugte falsche Dokumente, organisierte die Flucht nach Ungarn, das noch nicht deportationsreif war, erwarb falsche Trauscheine, zu denen so mancher Pfarrer verholfen hatte, liess sich Schutzbriefe ausstellen. All das konnte jedoch nur Einzelne retten.

So ging es zu, bis die ersten konkreten Nachrichten aus dem Konzentrationslager in Treblinka kamen.

Jemand, ich weiss bis heute nicht, wer es war, brachte

einen Brief, einen aus dem Lager herausgeschmuggelten Kassiber, der die volle Wahrheit beschrieb.

Es wurde beschlossen, den Brief dem Staatspräsidenten, dem Pfarrer Dr. Tiso, zukommen zu lassen. E r musste ihn lesen, er m u s s t e die volle Wahrheit erfahren. Er musste wissen, dass Menschen nicht zur Arbeit geschickt wurden, sondern in den Tod. Er musste wissen, dass er selbst mitschuldig würde, wenn er jetzt nicht Einhalt gebieten sollte.

Wir wollten Tiso die nackte Wahrheit vor Augen führen, damit er, der Pfarrer, von den Tatsachen erschüttert, sein entscheidendes „geistliche Nein" sagen konnte. Wir wollten hier einen Zwiespalt zwischen Tiso, dem Präsidenten eines christlichen Staates und Tiso, dem Pfarrer hervorrufen, um so unserer Sache weiterzuhelfen.

Man musste jedoch einen Vermittler finden, der zu Tiso freien Zutritt hatte. Wir fanden ihn, den Bürgermeister der Stadt, Stephan Fojtik.

Dr. Tiso war die führende Kraft in unserer Stadt. Er war klug, ein guter Redner mit ungeheurer Überzeugungskraft, die die katholische Bevölkerung blind in seine Reihen führte. Alle waren ihm ergeben, nahmen an seinen allwöchentlichen Predigten teil, um mit neuem Glauben an ihre Alltagsarbeit zu gehen.

Blindlings folgten sie ihm, nicht jedoch bis zur Gutheissung der Deportation. Das war schon gegen ihr menschliches Gewissen, wenn sie auch das politische ihren Führern überlassen hatten. Ja sie boten oft in der Not ihre rettende Hand, und auch Fojtik sah in seiner Aufgabe eine Erfüllung menschlicher Pflicht.

Rabbi Frieder sollte der Fürsprecher sein. Das Treffen zwischen dem Rabbiner und dem Pfarrer wurde vereinbart. Sie trafen sich in einem Hinterzimmer der Apotheke Baleghs, dessen Frau dem Pfarrer nahestand.

Schwere Minuten der Unsicherheit folgten, als wir zuhause auf Rav Frieder warteten. Wie würde es wohl ausgehen? Es ging ja um das Leben von Menschen, die blindlings in den Tod gejagt wurden. Und wir hofften, dass der Besuch nicht ohne Folgen bleiben werde. N i c h t auf Sentimentalität hatten wir gehofft, denn das war für Tiso ein fremder Begriff. Sentimentalität und Politik gehören nicht zueinander, nicht bei harten Menschen, wie Dr. Tiso es war.

Auf sein Verantwortungsgefühl hatten wir gebaut. Nicht gegen sich selbst, das wäre eine lächerliche Hoffnung gewesen, auch nicht den Juden gegenüber, sondern vor seinem eigenen, Volk, den kleinen, gläubigen Menschen, die ihm folgten, vor den Menschen, denen er ein Beispiel sein sollte. Wir hofften, dass er wenigstens vor der Kirche zurückschrecken, und dass er vor Gott, an den er doch glauben sollte, den Kopf voll Scham senken würde.

Rav Frieder verliess die Apotheke, kam zu uns, setzte sich auf einen Stuhl, fasste sich an seinen müden Kopf und sank in sich zusammen.

Wir störten ihn nicht in seiner Entrücktheit, wir ahnten, die Stunde hatte geschlagen, jetzt, in diesen Stunden wurde vielleicht schon das Urteil gefällt. Für viele sollte es ein Todesurteil werden.

„Nichts habe ich erreicht", brach es plötzlich aus ihm heraus. „Tiso sprach sehr höflich und kultiviert mit mir, jedes zweite Wort in Latein, jeder Satz ein Zitat."

„Er hatte den Brief gelesen."

Und darin stand: Jede Woche werden Tausende von Juden ins Lager gebracht und das Lager ist überfüllt. Es mangelt an Platz, wir schlafen nur sitzend. Der Platzmangel wird gelöst.

Man treibt Menschen auf einen Sammelplatz und eröffnet auf sie ein konzentriertes Feuer. Wer voll getroffen wird ist tot, wer nicht, wird lebend begraben. Täglich kommen Hunderte von Menschen um, um dann in Massengräbern verschüttet zu werden. Der Mord ist die Erlösung von unglaublichen Qualen.

„Tiso las den Brief zu Ende", sagte Frieder noch immer im Banne seiner Erschütterung, „und als er geendet hatte, gab er mir den Brief zurück."

„Ich kann euch nicht helfen. Ich habe nur eine Wahl, und mir ist der Präsidentenstuhl wichtiger als die Judenfrage."

Frieder schwieg.

Nach einer Weile unterbrach jemand das Schweigen mit der Frage: „Ist das alles, was er gesagt hatte?"

„Und was will er gegen die Deportation unternehmen?"

Jetzt lächelte der Rabbiner sogar, die Naivität der Frage wohlwollend zur Kenntnis nehmend.

„Nein, das ist nicht alles was er gesagt hat," kam es mühsam über seine Lippen, „er sagte noch etwas Schreckliches."

„Möge auch der Teufel den Karren ziehen, Hauptsache ich fahre."

Der Teufel, zum Ratgeber des Pfarrers geworden, zog den Karren.

Es wurde mit seinem Wissen und seiner Zustimmung deportiert. Er erteilte aber „Präsidentenausnahmen", die vor der Deportation schützten. Doch der Schutz wurde nicht Greisen, Säuglingen, Kranken gewährt. So geschützt wurden nur Menschen, die dafür bezahlen konnten.

Er war nicht sentimental, unser Pfarrer, auch dann nicht, als man ihn gebeten hatte, er möge unserem alten, 84 jährigen Rabbiner, mit dem ihn eine langjährige Zusammenarbeit in der Seelsorge der Bürger verband, seinen Schutz gewähren.

Auch da hat der Teufel den Karren gezogen und unseren alten Herrn hat man zusammen mit anderen Greisen, in Viehwagen gepfercht, deportiert.

Unvergesslich sind mir die letzten Minuten unseres Rabbi in der Stadt, der er und Tiso gemeinsam gedient hatten, in Erinnerung geblieben.

In einen langen schwarzen Mantel gehüllt, mit dem Käppchen auf dem Kopf, sein Gesicht von einem weissen, wallenden Bart umgeben, wurde er in ein Lastauto getragen. Juden und Nichtjuden erstarrten auf ihren Plätzen, verfielen in eine unheimliche Stille, als sich auf der Tragfläche des Autos die majestätische, hagere Gestalt des Priesters erhob.

Er wandte sich ans Volk, streckte seine Hände aus und sprach den Priestersegen, der der letzte seines Lebens sein sollte.

„Jevarechechu."

„Gesegnet seid alle, die ihr mich hier umgebt, gesegnet sei das Volk, gelobt sei Gott, der Allmächtige. In alle Ewigkeit, Amen."

Das Volk senkte das Haupt und sogar die anwesenden Gendarmen hoben, wie fasziniert, ihre Hand zum Soldatengruss, um so dem alten Rabbiner die letzte Ehre zu erweisen.

Das geschah, als ich neunzehn Jahre alt war.

XXV.

Und jetzt, zehn Jahre danach, musste ich an diese Zeit zurückdenken, denn Hrabosky war der Henker von heute. Ich fühlte denselben bitteren Beigeschmack, die damalige Atmosphäre übermannte mich, ich verlor fast meine Sinne.

Was hat er nur gesagt?

„Bis jetzt habt ihr gut gelebt, nun wird es uns einmal gut gehen!"

„Bitte? Wie? Was haben Sie da gesagt? Wann ist es u n s gut

gegangen? Und wer ist das eigentlich i h r ?
 Als Hrabovsky mit seinem Helfer gegangen waren, ging ich zu Bett mit dem Gefühl: Das geht nicht mehr, ich kann nicht weiter.
 „Gott schenke mir den Schlaf, lasse mich entschlummern, vielleicht auf ewig, weg, weg, weg von dieser Wirklichkeit!"
 Auf ewig? Und die Kinder, Herr Hrabovsky?
 Morgens erwachte ich mit neuen Kräften. Ich schrieb abermals Briefe und Gesuche an verschiedene Ämter, MNV, KNV, Innenministerium, Staatssicherheitsdienst, Sozialministerium. Überall schrieb ich hin. Ich klagte an, doch glaubte ich nicht erhört zu werden.
 Trotzdem habe ich voller Spannung auf Antworten gewartet. Sie kamen nie, sie blieben aus. Aber nein. Eine Antwort kam doch.
 Vor dem Heiligen Abend hatte man mich aus der Wohnung ausgesiedelt, in das Geisterschloss der alten Gräfin geworfen, wo ich hinter zwei Schlössern, mit einem Nachschlüssel versehen, mein Leben fristen sollte.
 So begannen die Weihnachtsfeiertage 1952.

XXVI.

Ich sass auf Kisten, zwischen meinen aufgestappelten Möbelstücken. Es mangelte mir an Bewegungsraum und wenn ich etwas suchen oder tun wollte, hiess es mit Affengeschicklichkeit eine Klettertour zu unternehmen.
 Für die Kinder war das ein herrliches Spiel.
 Sie amüsierten sich köstlich darüber, wie der eine oder der andere hinter und zwischen den Kisten verschwand, sie hüpften wie Zeigenböcke von Felsen zu Felsen, sie öffneten die Kisten und freuten sich daran, was sie da alles entdeckt hatten, als ob sie das noch nie gesehen hätten. Sie zogen Pelze hinaus, einer zog dem anderen den Silberfuchs aus der Hand Er widerstand nicht, der Silberfuchs.
 Und ich hatte nichts dagegen, es berührte mich kaum, ich kümmerte mich nicht darum, dass mit den Sachen etwas geschehen, dass man sie zerreissen, zerbrechen oder verlegen könnte.
 In dieser Situation wurde ich von zwei Freundinnen überrascht, die mich verzweifelt drängten, diese Teufelshöhle sofort zu verlassen.

„Weihnachten werden hier nicht verbracht", klang die resolute Entscheidung.

Über meinen Mann gar keine Nachricht, ich wusste nicht, wo er sich beffand. Lebte er denn überhaupt noch?

Ich unterwarf mich der Entscheidung. Mein Widerstandsgeist war gebrochen. Willenlos und lächelnd stand ich da, vielleicht sogar abwesend in meinen Gedanken. Für die Umgebung hatte ich mir eine Maske des Lächelns aufgelegt. Trauer wirkt unangenehm auf die Menschen, auch wenn sie nicht die eigene ist, ein Lächeln kann wenigstens betratscht werden.

Jeden, den ich traf, fragte ich nach seinem Befinden, nach seinen Sorgen, so dass für's Auftischen meiner fast kein Spielraum verblieb. Ich war ja auf Menschen angewiesen, durfte ich sie durch meine Trauer verscheuchen?

Auch jetzt sass ich mit der Lachgrimasse auf den Kisten, in unendlicher Verzweiflung, hilflos, in der Kälte, im Wintermantel, unfähig etwas zu unternehmen, unfähig zu denken.

Ich folgte Didus ohne Widerstand.

„Richte dich ein wenig her", befahl sie.

Aus dem Täschchen zog ich einen Spiegel hervor und erschrak vor dem Bild, das mich da angrinste. Ein fremdes Gesicht, eine Grimasse, die ein Lächeln sein sollte, stand mir eiskalt gegenüber. Der Mund war verschoben und wollte nicht auf den richtigen Platz zurück, auch als ich das Lächeln versteckt verwischen wollte. Weder Gesicht noch Augen waren mein, und der Mund, der blieb konsequent verschoben.

Ein komisches Gefühl übermannte mich. Ich fühlte mich unwohl. Mein Gesicht, was war denn das? Es erinnerte mich an etwas Fremdes, etwas Schreckliches. Mein verzerrtes Lächeln war das Grinsen eines schrecklichen Schicksals. Dieses Schicksal grinste mich an, es schrie mich an: „Du wirst mir nicht entkommen!"

Mit Mühe verpackte ich die nötigen Sachen, nahm die Kinder mit und ging. Vor dem Haus setzte ich die Kinder, jedes mit einem Päckchen in der Hand, auf den Schlitten.

Die Strassen waren schneeverweht, aus den Fenstern der warmen Wohnungen blickten auf uns tausende von Lichtern, die auf Geschenke unter Christbäumen ihre Schatten warfen. Der Himmel war voller Sterne. Ein wirklich herrlicher, fast heiliger Abend.

So zogen wir durch die Stadt, Diduska, ich und der Schlitten.

XXVII.

Ich zog bei Diduska ein. Sie stellte mir und meinen drei Struwelpetern ihr Arbeitszimmer zur Verfügung.
Welche Wärme mir da entgegenströmte, wie wurde ich doch bemuttert und mit Güte überhäuft. Doch je länger ich der Liebe teilhaftig war, desto klarer wurde es mir, dass es sich nur um ein Provisorium handeln konnte.
Den nächsten Tag schon kaufte ich mir Kinokarten für zwei Vorstellungen nacheinander. Die Kinder schliefen schon bei der ersten und wehrten sich dagegen, ins andere Kino hinübergeschleppt zu werden.
„Wir wollen nachhause gehen." Sie weinten. „Nachhause, nachhause, nachhause!"
Aber wohin nachhause? Wo wird für uns das Nachhause sein?
Welch alberne Frage. Gerade ihre Tragweite hatte mir den Blick getrübt.
Nachhause, zur Didus also, kamen wir am Abend und ich brachte die Kinder sofort zu Bett.
„Mami, setz dich zu uns. Mami, bleib bei mir. Mami, halt mir die Hand."
Ich konnte nicht einmal ins Nebenzimmer gehen, um mit Didus und ihrer Familie zu sprechen.
Das Kino wurde mir zur Leidenschaft, schien es fast. Auch am nächsten Tag wiederholte ich das Spiel von gestern, um meinen Gastgebern ein wenig Ruhe und Wohlbehagen zu gewähren.
Wir hatten unsere Plätze eingenommen, doch bald begann ich unruhig zu werden.
Durkos Stirn war heiss.
Ich liess die Karten der zweiten Vorstellung verfallen, ging zu meinem Bruder, der mit Frau und Sohn in einem Zimmer in Untermiete wohnte, um mich mit ihm zu beraten.
Die Kinder weinten. Das Thermometer kletterte die Fieberkurve empor. Zur Didus konnte ich nicht mehr zurück. Ihre Tochter hatte vor nicht langer Zeit eine Herzmuskelentzündung überstanden. Ein Rückfall könnte gefährlich werden.
Ich rief sie an. Die Arme. Sie führte einen schweren Kampf mit sich selbst.
„Was willst du also machen?"
„Ich weiss nicht. Ich werde überlegen. Etwas wird mir schon einfallen."
Doch es fiel mir nichts ein. Nichts..

Wer wird eine Frau mit drei Kindern zu sich nehmen? Wer hat Platz für vier Personen? Und die Polizei? Jeder, der auch nur eine Nacht ausser Hause war, musste sich anmelden, egal wo er schlief, bei Verwandten sogar. Kann ich da noch weitere Leute, die auch so von Furcht geschlagen waren, wegen einer Nacht in Unruhe versetzen?

Ich kehrte zu Didus zurück. Ich läutete. Vor der Tür stand ich mit gesenktem Haupt, umgeben von meinen Kindern. Ich stand, wie ein nasser Pudel da. Der hat es aber leichter. Den lässt man draussen stehen, bis er trocknet. Wie lange müsste aber ich darauf warten bis ich stubenrein würde?

Sie bat mich einzutreten. Ich verzog mein Gesicht. Ich trat ein.

,,Wenn du so blöd dreinschauen wirst, bekommst du's mit mir zu tun. Wir werden acht geben. Du wirst im Zimmer mit dem kranken Kind sein und es wird keinen direkten Kontakt mit uns geben. Alles was du brauchst, werden wir dir geben. Die Kinder müssen ja gar nicht herauskommen. Und wenn jemand von euch zufällig etwas anfasst, was auch wir benützen, so werden wir das mit Lysol desinfizieren."

Den ganzen Abend sass ich in meinem Zimmer verschlossen. Wir gingen schlafen.

Als ich morgens das Frühstück holen ging und mit ihm zurückkehrte, fiel es mir vor Schrecken fast aus der Hand. Neben dem kranken Durko sass Tomy, sein Zwillingsbruder, auf dem Bett, die Wangen glühend rot, der Mund weiss umrandet.

Scharlach.

Trostlos stand ich da. Wird es denn nie ein Ende nehmen? Was wird jetzt sein? Was? Was?

Wie ein Roboter holte ich ein Taxi, fuhr das Kind ins Spital und die übrigen Kinder führte ich weg, weit weg. Nach Zilina, zu einer Kusine. Auch diese 230 km machte ich, fast unpersönlich, wie eine Maschine, deren Bewegungen vorgeschrieben sind, ich handelte instiktiv, ich machte alles, als ob die Taten vorbestimmt wären, ich nahm die Kinder, verzweifelt nach einem Ventil suchend, ich floh, floh, floh aus der Stadt meiner Qualen, vor der Krankheit, vor mir selbst, und trotzdem nahm ich auch mich, mich selbst mit, mit auf die Flucht.

Die Flucht vor sich selbst ist kaum jemand gelungen. Aus seiner Lebenshülle kann man nicht entschlüpfen, man ist überall bei sich, ausser vielleicht, wenn man verrückt wird.

Diesen Grenzstein hatte ich **noch nicht** überschritten.

Nachzudenken begann ich erst nach acht Tagen, als mir die Krankenschwester - in diesem Spital waren es noch Nonnen, die letzten Überbleibsel der christlichen Charität im kommunistischen Gesundheitswesen - freudig mitteilte: ,,Heute entlassen wir Thomas aus dem Spital, Sie können ihn nachhause nehmen."

,,Nachhause", schlich es angenehm in mein Ohr, ,,nachhause", dröhnte es in meinem Bewusstsein, ,,nachhause", grinste mich der Bösewicht an, ,,nachhause" entflammte das Feuer der Freude, ,,nachhause" stellte mich vor die harte Realität und führte zur Niedergeschlagenheit.

Jede Mutter wäre nun glücklich gewesen, doch ich stand da, wie vor den Kopf geschlagen.

,,Liebe Schwester, ich bitte Sie, ich habe kein ‚Zuhause', behalten Sie das Kind noch hier! Geben Sie mir Zeit etwas auszudenken! Nein, bis jetzt hab' ich gar nicht nachgedacht, irgendwie ist es mir entfallen, jetzt werde ich ganz sicher etwas ausdenken."

Die Nonne stand da und war gar nicht barmherzig. ,,Wir haben wenig Platz, wir brauchen jedes Bett, und was Ihr Schicksal betrifft, na ja, jeder hat das Seine. Nehmen Sie sich nur das Kind", drängte sie. ,,Und wann kommen Sie es abholen?"

,,Ich komme, ich will nur ein Taxi holen", log ich unverfroren und verschwand.

Wohin? Ein Taxi ist fahrbar, es bringt mich ans Ziel, das ich dem Fahrer bestimme, man bezahlt und steigt aus. Darin kann man jedoch nicht wohnen!

Ich ging zu Didus. Ich weiss nicht wie und weiss auch nicht warum. Es war mir klar, dass ich in dieses Haus ein Kind nach einer Infektionskrankheit nicht bringen konnte. Das würde schon alle Grenzen überschreiten. Das konnte man wirklich von niemand verlangen.

,,Was ist mit Tomy?", fragte sie in der Tür. Ich wusste, diesmal musste die Antwort ausbleiben. Ich konnte nicht sprechen, mein Kehlkopf war wie zusammengeschnürt, ich umging sie rasch und kroch in ,,mein" Zimmer. Die Tür hatte ich hinter mir geschlossen.

Didus trat ein. Sie setzte sich auf mein Bett, an meine Seite. Nicht fähig, den Mund aufzumachen, starrte ich sie an. Ich konnte es nicht mehr aushalten und der würgende Schmerz löste sich in einem Strom von Tränen, in einem wehmütigen Schluchzen und Beben.

Didus versuchte nicht, mich zu beruhigen. Das war das erstemal, dass mich jemand in meinem Leid weinen sah.
Dem Ausbruch musste freier Lauf gegeben werden.
„Komm, wir nehmen ein Taxi und bringen Tomy nachhause."
Didus tat es, Didus schickte ihre Tochter in eines Freundes Haus, Didus fand mir dann ein Zimmer in Untermiete. Didus, die gute Seele, wie es sie nur einmal gibt auf dieser Welt.

XXVIII.

Ein Zimmer von vier mal vier Metern kaufte ich mir. Ich zahlte Abstand, doch die Hausherren durften nichts davon wissen, dass der Verkäufer aus- und wir einzogen.
Mein Bekannter im Nationalrat hatte umgehend die amtlichen Formalitäten erledigt, ja, er schickte mir das Dekret ins Haus, und eines schönen Morgens zog ich, mit den wichtigsten Möbelstücken versehen, in eine fremde Wohnung.
Viel Geld hatte ich dem, der da auszog, gezahlt, aber was tat das schon. Ich verkaufte Teppiche, Kristallglas, Bilder, einen Pelz- und Wintermantel. War das denn interessant? Auch so war alles überflüssig.
Mich kränkte viel mehr, dass ich ohne Wissen der Hausfrau einziehen musste. Ich kämpfte dagegen, aber ich entsprach dem Drängen meiner Freunde, die mir sicherlich nur Gutes wünschten.
Sie kam, die Hausfrau, nachhause. In der Tür blieb sie wie gelähmt stehen. Unbekannte Menschen, fremde Möbelstücke in ihrer Wohnung.
Der Sturm brach los. Ein Inferno von Flüchen, Hysterie der hohen Schule, Wutausbrüche ohne Selbstkontrolle.
Ich schloss mich im Zimmer ein, hielt die Kinder im Zaume und wagte nicht, hinauszugucken. Wann wird die Tür eingebrochen, wann die rächende Hand an mich gelegt?
Zerknirscht sassen wir auf den Kisten. Es war kalt. Klein war das Zimmer, gerade für eine Person in Untermiete. Das Fenster ging auf den Lichthof hinaus.
Es klopfte an der Tür. Der Gatte der Hausfrau, der Hausherr, trat ein. Er roch nach Slibowitz. Menschen, die trinken, und trinken, können gefährlich sein, oder sehr leicht von Gefühlen übermannt werden. Welcher Art Mensch ist dieser da, ging es mir durch den Kopf.
„Nehmen Sie zur Kenntnis, Genossin. Ich bin ein Mitglied

der Partei. Solche Gewaltakte werden in meinem Hause nicht geduldet! Auch ich habe meine Beziehungen, ganz grosse, sag ich Ihnen. Bilden Sie sich ja nichts ein! Alles wird morgen erledigt. Sie werden von hier verschwinden! So." Und er wies mit der Hand zur Tür.

Durch meine Ruhe aus dem Konzept gebracht, machte er eine Pause, die mich zu einer Erklärung veranlasste.

„Ihre Beziehungen sind sicherlich viel grösser als meine, denn ich habe schon gar keine mehr. Mich werden Sie sehr leicht los, was mit mir dann sein wird, das weiss nur Gott."

Er ging. Nach einer Weile kehrte er jedoch zurück.

„Wo haben Sie eigentlich Ihren Mann?"

„Im Gefängnis."

„Hm, hm, na, na. Meine Frau, die Bestie, hatte wieder mal Recht. Na, Sie wissen ja, wir vertreiben Sie nicht, wohnen Sie nur ruhig hier, unsere Kinder werden sich sicherlich gut verstehen. Na nicht? Ist das nicht gut, wenn so mehrere Kinder zusammen sind? Nicht wahr, ihre Kinderlein?"

In der Tür schaute er sich nochmals um.

„Wenn Sie etwas brauchen sollten, meine Frau wird Ihnen sehr gerne beistehen."

Der Sturm war vorbei, der erste Schrecken war vergangen und beide, die Hausfrau und ihr Mann, wurden wieder, was sie auch früher gewesen sein mussten, gute und rechtschaffene Menschen.

XXIX.

Das Jahr 1953 begann. Ich wohnte, wie es ging, ich lebte, wie es mir erlaubt war, ich ging wieder zur Arbeit.

Ein wenig beruhigt, merkte ich bald die Schwierigkeiten, die sich aus der neuen Lage ergaben.

Die Kinder musste ich in ihren früheren Kindergarten führen. Dan war inzwischen Schüler der ersten Volksschulklasse geworden, und ich wohnte am anderen Ende der Stadt. Morgens reiste ich mit den Kindern, verschlafen, wie sie waren, im Bus, und musste sogar umsteigen. Wir mussten viel früher als andere Kinder aufstehen und starten. Mit dem gleichen Bus musste ich dann in die entgegengesetzte Richtung zur Arbeit fahren.

Meinen Arbeitsplatz konnte ich erst um drei Uhr nachmittags verlassen, doch Dan machte schon mittags in der Schule

Schluss. So musste er, der Grosse, mit der Schultasche auf dem Rücken, die Kinder aus dem Kindergarten abholen.

Er nahm sie bei der Hand und führte sie quer durch die ganze Stadt heim.

Tag für Tag. Mein Dreigespann musste einigemale die Hauptstrassen durchqueren. An der Kreuzung blieben sie immer stehen, bis sich jemand fand, der sie auf die andere Seite führte. Manchmal baten sie selbst darum.

„Onkel, führen Sie uns bitte über die Strasse!"

So lebte ich, fast wie in einer Idylle, nun ein wenig in Ruhe gelassen, bis zum 3. Februar.

An diesem Tag bekamen wir Gehalt. Alle warteten wir mit Sehnsucht auf diesen Augenblick. Das war ein freudiger Tag für jeden Arbeitnehmer. Die Hauptschwester führte den feierlichen Akt der Auszahlung aus.

Ich kam an die Reihe. Komisch war es irgendwie, heute. Sonst war sie immer so freundlich. Statt der Auszahlung bot sie mir einen Sessel an.

„Setzen Sie sich!"

Ich liebte diese unheimliche Höflichkeit nicht, sie war die Ankündigung eines Unheils. War es nicht viel angenehmer, wenn ich stehend das Geld übernahm und auch schon laufen konnte?

„Ihr Gehalt ist nicht bei mir, Sie haben sich in der Personalabteilung zu melden."

Das Blut wich aus meinem Gesicht und im Moment dachte ich nur daran, wie gut es sei, dass sie mir den Sessel angeboten hatte.

Ich ging, wie befohlen, zum Kadermann (ein Mann, der die geheimen und geheimnisvollen Personalakten betreute und mit den Angestellten, „politisch gesehen", manipulierte, ein politischer Kommissar aus der Arbeiterklasse stammend). Ein kleines, winziges Menschlein. Ich weiss nicht, was er früher war, ich glaube, er war ein Heizer oder dergleichen gewesen.

Er war aber der Mächtige, er war der Repräsentant des Sozialismus. Und der Sozialismus gibt dir alles - und nimmt es zugleich. Er gibt dir die Wohnung und er kann sie dir nehmen, wann und wie es ihm gefällt. Er gibt dir Arbeit, macht dich aber auch arbeitslos, er gibt dir, er gibt. Und du hörst das ständig in unendlichen Vorträgen und du liest es in der Zeitung, was das Volk alles bekommt. Und beginnst unwillkürlich zu glauben, und wenn du nicht glaubst, so bleibt doch etwas in dir stecken von der These, dass dir der Sozialismus alles gibt. Die Wahrheit jedoch ist: Er macht dich abhängig, du hast nichts, du musst alles nur bekommen, du stehst hier bittend, ein dankbarer Bürger dieses Systems. Der Sozialismus gibt dir den Schulunterricht umsonst oder er schliesst dich davon aus. Er entscheidet darüber, wer Anteil hat an den Tonnen der Produktion und er schaltet dich aus, wenn dein Vater eine Wäscherei, eine Werkstatt hatte, wenn du an den Aktionen gegen die Kirche nicht teilnimmst, wenn du aus einer Staatsbeamtenfamilie stammst oder dein Vater einen freien Beruf hatte.

Ärztliche Hilfe, ja, die bekommt ein jeder ohne Ausnahme. Doch für die leitenden Bonzen sind besondere Spitäler reserviert, besondere Ärzte, besondere Erholungsheime. Wer will jedoch daran zweifeln, dass ihnen das gebührt, ihnen, den Weisen unseres Staates, die so uneigennützig die ganze Sorge um den Bürger auf ihre Schultern nehmen, ihnen, die uns ja alles geben? Denn sie arbeiten schwer. Vom Rednerpult aus verteilen sie täglich Tonnen von Eisen und anderen Metallen, hantieren mit Prozenten, die absolut unkontrollierbar sind, um sich dann voller Stolz auf ihren kraftstrotzenden Stuhl zu setzen.

Und einer von ihnen war der Kadermann.

Er sass in einem schönen Büro. Als ich zu ihm kam, bot er mir einen Sessel an.

„Weisst Du, Genossin, die Sache ist so", begann er. „Wir bekamen vom Nationalrat eine Verständigung, dass wir Dich entlassen sollen, denn Du wirst aus Bratislava abgeschoben."

„Abgeschoben?"

„Ja, weisst Du..."

Und o b ich wusste, die Stadt war ja von Gerüchten voll.

Die „B"-Aktion. Diese Aktion sollte die Wohnungskrise lösen: Man begann Menschen aus der Stadt abzuschieben und suchte dafür Gründe. Ein gewesener Grossgrundbesitzer, Beamter im vorkommunistischen Staat, Frauen, deren Männer verhaftet waren - und jeder andere, den man abschieben wollte.

Selbstverständlich wusste ich. Ich lebte nur in einer naiven Hoffnung, dass man mich vergessen würde.

Dovala hatte es mir prophezeit. „Schweigen Sie, und seien Sie froh, dass Sie nur so aus der Wohnung gehen, anderen wird es schlechter ergehen", hatte er gesagt. Ja, jetzt erinnerte ich mich daran, damals hatte ich dem keine Bedeutung beigemessen. Ich dachte, es wäre nur ein banaler Einschüchterungsversuch.

„Ja, weisst Du, Genossin, man kann heute nicht viel spekulieren. Der Spielraum ist für Dich sehr begrenzt. Ich glaube, es wäre am besten für Dich, Du kündigtest die Arbeit selbst."

„Und wenn ich nicht kündige?"

Um so ärger für Dich, wenn Du nicht kündigst, müssen wir Dich entlassen und dann ist es für Dich fast unmöglich, einen neuen Arbeitsplatz zu finden. Wir müssen dementsprechend Deine Papiere, die überall mit Dir gehen werden, ausfüllen und wir werden hineinschreiben, warum wir gezwungen waren, Dich zu entlassen. Na, und dann! Was dann sein wird, das kannst Du Dir sicherlich selbst ganz genau ausmalen."

Es kam noch ein Schwall von Worten, wie gut er es mit mir meine, wie er selbst interessiert sei, mich zu beschützen, damit mir ja nicht noch etwas Schlimmeres zustosse, denn er sehe ja genau, in welcher Lage ich mich befände.

Meinte er es wirklich gut mit mir oder war das ein perfides Geschwätz, da sich ja sowieso alles in den eingefahrenen Bahnen bewegen würde?

„Geben Sie mir Bedenkzeit", bat ich.

„Mit der Zeit ist das so, Genossin. Das Gehalt haben wir Dir schon blockiert, Du bekommst kein Geld mehr und Du hörst faktisch auf, unsere Angestellte zu sein. Aber weisst Du was? Ich gebe Dir noch eine Frist. In drei Tagen musst Du Dich entscheiden?"

Binnen drei Tagen! Ein Moment ist das, eine Ewigkeit vielleicht. In einem Moment hört ein Leben auf. Ein Moment und Ewigkeit! Zwei Begriffe, die in ihrer immensen, nicht fassbaren zeitlichen Entfernung oft zu einem Begriff werden. So wie Genie und Wahnsinn in ihrer inneren Exposition durch eine dünne Trennlinie gespalten sind, so sind die beiden Enden der Zeit, Moment und Ewigkeit, auch in meinem Leben zur verzwickten Einheit geworden.

Ich ging.

Am Arbeitsplatz angelangt, setzte ich mich auf meinen Platz und starrte auf die angehäufte Arbeit auf dem Tisch.

Das hat sein Ende gefunden. Unwiderruflich.

Nach einer Weile rückte ich mit der Wahrheit heraus. Mit Entsetzen schauten mich alle an. Sie wussten nicht, wie man das alles aushalten konnte.

Man sprach Trostworte, allmählich, als ob man sich aufwärmen müsste. Einige schwiegen, man spricht doch nicht im

Trauersaal. Doch alles war hier ehrlich und gut gemeint.

„Schweinehunde", platzte es aus dem Mund des Chefs, „Hurensöhne", machte er seiner Aufregung Luft. Auch für ihn, der ein hargesottener Bursche war, war der Spass zu Ende.

Ein Lauffeuer ging durch die Abteilung, es wurde zur Flamme der Empörung. Man hatte mich hier lieb gehabt und alle hatten mich ins Herz geschlossen. Ja, auch dann noch, als ich schon wieder ein normaler Mensch wurde.

„Was machen wir mit ihr?", ging ein Murmeln durch den Raum. „Verflucht", schien der erste Ausdruck der Erleichterung zu sein. „Wir müssen da irgendwie helfen, helfen, auch wenn alle Stricke reissen. Diesen Schweinen müssen wir das wenigstens jetzt zeigen, dass wir Menschen sind. Nicht wie sie."

Sie suchten eine Lösung und fanden sie.

XXX.

Das Gesundheitswesen im Bezirk Pezinok wurde von Dr. Kubes geleitet. Er musste uns helfen. In Modra, das gehörte zum Bezirk, wurde ein neues Laboratorium gegründet, dort sollte er mich unterbringen.

Ich wurde mit einem Brief ausgerüstet und ging. Ich stürzte mich in einen sehr schweren, sehr langen und unheimlich harten Kampf mit der grausamen, unmenschlichen Maschinerie des totalitären Regimes.

Schon die Entscheidung zu treffen war eine Zumutung für meine Kräfte, Verstand und Geisteskraft gewesen.

Binnen drei Tagen!

Würde ich kündigen oder sollte ich auf den Hinauswurf warten? Mein freiwilliges Verlassen des Arbeitsplatzes könnte mir einmal, wenn normalere Zeiten sein sollten, als mein freier Entschluss, „zur Last" gelegt werden. Mein Hinauswurf wies auf meine absolute Unzuverlässigkeit hin.

Wir überlegten, nicht ich allein konnte die Entscheidung treffen.

Die Atmosphäre in der Stadt war unter dem Gefrierpunkt. Jeder, der den Tag ohne Eingriff eines Organs hinter sich gebracht hatte, war dankbar dafür (wie weit waren schon unsere moralischen Wertungen gesunken!), doch war er voller Sorgen zugleich, was der Morgen bringen würde. Wohin man kam, fühlte man das Beben der Angst.

Die Versorgung der Bevölkerung war schlecht, wenig Heizmaterial stand zur Verfügung, sogar der Schwarzhandel war verschwunden. Wer hätte es auch gewagt? Der elektrische Strom wurde oft ausgeschaltet und Dunkelheit durchdrang das ganze Leben.

In welcher Welt lebte man da!

Es folgten Prozesse, Todesstrafen wurden verkündet. Angeklagte hatten alles gestanden, alles was sie nicht getan hatten. Sie wurden gehängt, elf an einem Tag. Menschen, die ihr ganzes Leben dem Kommunismus geopfert hatten.

Interessant! Keiner stand unter dem Galgen, der tatsächlich etwas gegen den Staat verbrochen hätte, keiner, der nicht seiner Partei immer treu gewesen wäre. Die Auslese war eindeutig fatal.

Es gab aber auch einige Glückliche, die nur „lebenslänglich" bekamen. Welch erhabene Gerechtigkeit! Warum aber lebenslänglich, warum nicht den Galgen für dieselben Taten, die man nie begangen hat? Wie wählte man die Menschen aus, die man erhebt, um sie am Galgen baumeln zu lassen, die man in die Tiefe wirft, um in Uran- und Kohlenbergwerken für ihre verbrecherische Tätigkeit zu büssen.

Die Wahl war unverständlich. Es ging weder nach dem Alphabet, noch nach dem Alter, noch nach der Höhe oder dem Gewicht. Wonach, Herrgott, ging es also?

Im Grunde genommen hatte ich nichts zu überlegen. Ich wusste, ich würde aus der Stadt abgeschoben. Die Arbeit verlor ich sowieso.

Ich schrieb ein kurzes Gesuch. „Ich bitte um die Entlassung von meinem Arbeitsplatz." Ich nahm das Papier und gab es dem Kadermann.

Er empfing mich zufrieden. Er sass in seinem grossen Büroraum, das kleine Männchen, der gewesene Heizer. Er kam sich sehr wichtig vor. Er blickte zu mir empor, ich war um einen Kopf höher als er, und so musste ich notgedrungen auch physisch auf ihn herabschauen.

„Na siehst Du, Genossin, Du hast sehr richtig gehandelt. Der Mensch muss eher nach seinem Verstand als nach seinen Gefühlen handeln", verkündete er mir, im Bewusstsein der Tiefe seiner menschlichen Philosophie. „Jetzt musst Du keine Angst haben, es wird alles in Ordnung gehen."

„Wenn ich recht verstehe, Genosse, in Ordnung **sein heisst**.

dass ich damit rechnen kann, von hier aus eine Empfehlung zu bekommen, die mir ermöglicht, eine neue Arbeit anzutreten?"

„Hab keine Angst, Genossin, ich bin ja noch da!"

Er reichte mir die Hand, und ich ging mit gemischten Gefühlen.

XXXI.

Der Winter war sehr kalt. Es war unglaublich schwer in einem so kleinen Zimmer, mit dem Fenster in den Lichthof, zu leben. Da habe ich gekocht, Wäsche gewaschen, die Kinder gebadet, hier haben wir geschlafen, in einem Zimmer, für einen Untermieter. Die Kinder standen einander im Weg, da sie für den vorhandenen Raum zu lebhaft waren. Jeder Tag war schwerer und schwerer. Es war kalt. Die Kinder wollten überhaupt nicht hinaus in die Kälte, und erfüllten unaufhörlich den Raum mit ihrem kindlichen Getue.

Einst, da hatten wir auch ausser Haus gegessen. Aber jetzt? Ich hatte gar kein Einkommen. Ich hatte keine Ersparnisse und die Menschen hatten auch keine Lust mehr, meine Sachen zu kaufen. Im Gegenteil. Jeder wollte liquidieren, was ihm überflüssig zu sein schien.

Mir schien jedoch die Sonne aufzugehen.

XXXII.

In Modra, einem kleinen Städtchen am Hange der Karpathen, fand ich Arbeit. Der Grund dieses Entgegenkommens lag darin, dass sie dort eine Arbeitskraft brauchten, dass Bekannte von der Klinik mithalfen und dass keine freien Arbeitskräfte zu haben waren. Sie stellten mir sogar eine Wohnung, Zimmer und Küche, zur Verfügung. Man könnte sagen, ich war fast glücklich.

In jedem Amt gab es einige Menschen, die mein Los schon lange mit Interesse verfolgten und sie behandelten mich wie einen Schwerkranken, dem man über seinen Gesundheitszustand nicht die Wahrheit sagen durfte. Hinter jedem Wort spürte ich ihr Mitgefühl. Zu jener Zeit erlebte ich an vielen Orten diesen menschlichen Zutritt zu meinen Problemen.

Doch wenn ich, in einem optimistischen Augenblick, zu sagen versuchte, dass ich dennoch hoffte, dass meinem Mann nichts geschehen würde, und dass er schliesslich doch noch aus der Klemme herauskäme, vernahm ich Reaktionen, die wie eine schlecht einstudierte Theaterrolle klangen.

Meine Freude war nicht von langer Dauer. War denn das überhaupt je eine Freude? War es möglich in einer solchen Niedergeschlagenheit ein Gefühl zu haben, das Freude zu nennen wäre? Freude war ein abstrakter Begriff, so wie jede geistige Regung des Menschen, sie hatte keine absoluten Werte und wurde am bestehenden Gemütszustand gemessen, im Gegensatz zu dem in Gegenwart oder in naher Vergangenheit Erlebten. Von dieser Erwägung ausgehend, konnte ich wohl sogar von Freude sprechen.

Doch der wolkenlose Himmel schien abermals von dunklem Gewölk verschleiert zu sein.

Abermals begann meine ,,Ämterwanderung''. Täglich fuhr ich nach Modra, nach Pezinok, als ob ich ein Reisender wäre. Spät abends pflegte ich zurückzukehren. Die Kinder blieben inzwischen allein, und in der Stadt sah man Dan, mit der Mappe auf dem Rücken, die Kinder an der Hand schleppend, mit dem Wohnungsschlüssel um den Hals gehängt.

Schwer zu beschreibende Stunden gab es an den Haltestationen in Modra, in grausamer Kälte, in Angst, nicht selten mit leerem Magen, wartete ich auf den Bus. Vor Kälte zitternd, hatte ich mich an Torpfosten gedrückt und ich seufzte vor Schmerz, ganz für mich allein, damit mich niemand sonst so klagen hörte.

,,Gott, o Gott, tu doch etwas, dass wenigstens der Wind nicht so blasen möge!''

Auch diese Freude, diese kleine Hoffnung, ich würde mich irgendwo ansässig machen können, wurde zunichte. Es wurde beschlossen, dass mir die Erlaubnis nach Modra zu übersiedeln, verweigert werde. Modra ist nur 29 km von Bratislava entfernt und staatsfeindliche Elemente müssen mindestens 30 km von der Stadt weit sein.

Ich hatte diese Mitteilung nicht voll erfasst, ich dachte, man machte nur Witze mit mir.

,,Wenn wir die Entfernung mit dem Zug, etwa, in Betracht nähmen, könnte es 30 km sein, denn der Zug macht ja einen Umweg. Denken Sie nicht auch so?'', fragte ich naiv.

,,So geht das nicht, Genossin. Wir haben uns beim Nationalrat informiert und es wurde uns mitgeteilt, dass Du nicht mehr selbst darüber entscheiden kannst, was mit Dir geschehen soll, denn Du musst aus Bratislava abgeschoben werden. Wie und wohin, das entscheidet die „B"-Aktion. Du kannst Dich ihrem Machtbereich nicht entziehen, sie entscheiden über Dich und Du darfst ihnen nicht entgehen, indem Du Dir einen Arbeitsplatz selbst aussuchst. Und, die Entfernung ist nur 29 km bis zum Stadtrand. Das ist ausschlaggebend."

„Was kann ich also machen?", klang meine Frage auf die es keine Antwort gab.

„Nichts. Wir müssen warten, bis man Dich abschiebt."

Ich ging nachhause, legte mich hin und gab auf. Ich konnte nicht weiter. Ganz einfach, ich konnte nicht mehr und wollte auch nicht mehr.

Vergebens versuchten meine Freunde, mir Mut zuzusprechen, alles hatte seine Grenzen! Alles hatte seine Grenzen, nur menschliche Gleichgültigkeit, Bosheit und Borniertheit waren grenzenlos.

Niemand wollte mir Böses. Jeder war bereit mir entgegenzukommen. Es war aber schon zu spät. Der Mensch konnte nichts mehr ändern.

Ein Regime stand gegen mich, es stand gegen jedes betroffene und von ihm bestimmte Opfer. Und diese Reihen waren endlos. Der Mensch war nur ein Körnchen in dieser Schicksalsmühle.

Präsident Gottwald und grosse Transparente an Häusern, in Lokalen, Schulen und überall, wo man sie ankleben konnte, schrien die Phrasen in die Öffentlichkeit: „Und am Ende allen Tun's steht der Mensch"

Jawohl, am E n d e jedes Bestrebens.

Ich gab auf, ich besuchte nicht mehr die Ämter.

Auch so arbeitete man nicht, denn alle Genossen waren voll mit Stalins Tod beschäftigt. Alle Genossen waren in Kommissionen für die Trauerfeiern, man machte sich daran, den Mythos Stalins in die Ewigkeit einzubalsamieren.

Stalin, Stalin, der grosse Mensch und gütiger Vater, der dann als Massenmörder entpuppt werden sollte. Stalin, Stalin, das war das Symbol der „Menschlichkeit", die unser Schicksal gestaltete.

Stalin starb und wir wussten nicht, was das für uns bedeuten werde. Würde es besser werden? Käme es zu einem Chaos?

XXXIII.

Diduskas Tochter war inzwischen erkrankt und obwohl niemand auch die leiseste Andeutung gemacht hatte, konnte ich mich des Beigeschmacks nicht erwehren, dass sie das Opfer meines kranken Kindes sein konnte. Wahrscheinlich nicht. Fast sicher nicht. Ins Unterbewusstsein kann sich jedoch so manches Gefühl einnisten.

Didus besuchte mich oft, redete auf mich ein.

,,Du wirst sehen, alles Schlechte wird einmal sein Ende finden. Soviel Gutes wird Dir zukommen, wieviel Böses Du über Dich ergehen lassen musstest. So pflegt es zu sein, so muss es schliesslich auch jetzt sein."

Welch' goldene Worte, wie gut hörten sie sich an! Doch welch' schlecht gespieltes Theater war es bloss!

Sie lud mich ein, zu ihr zu kommen, um mit ihr gemeinsam für ihre Tochter Anita etwas zu nähen. Ich nahm die Einladung ohne besondere Begeisterung an, und wir sprachen uns für Donnerstag ab.

D i d u s . Wie war sie eigentlich in mein Leben getreten? Sie war die Gattin meines Gliedcousins. Ich wurde mit ihr erst nach dem Krieg bekannt, eines Tages hatte ich sie wahrgenommen und das war alles. Sie hatte ihre Sorgen, ich die meinen und wir gingen daher unseres Weges getrennt einher. Es gab ja viele solcher Basen, und ich wusste kaum etwas über ihr Dasein zu sagen. Auch ihre Fäden zu mir waren sehr schwach geflochten.

Aber Didus wurde zum Bestandteil meines Lebens. In meinen Beschreibungen verwende ich sehr ungern Superlative und wenn mir jemand mit Worten wie ,,unglaublich, enorm, phantastisch, unvorstellbar," das Erkannte und Erlebte beschreibt, kann ich mich nicht des Eindruckes erwehren, dass er mich betrügen, dass er mir Unwahres vortäuschen will, um mir, auf eine nicht gerade intelligente Weise, seine Meinung aufzudrängen. Ich will selbst der Gestalter meiner Meinung und Wertung sein und erwarte auch von anderen, dass sie sich durch meine Übertreibungen nicht irreführen lassen.

Wie kann ich aber eine Person, wie Didus, beschreiben, ohne mich der Superlative zu bedienen, die die Äusserung der Güte an sich erfassen? Wird hier eine blosse Beschreibung der Tatsachen der Sache gerecht?

Sie verbrachte alle Sonntage bei mir, denn sie wusste, dass der von allen erwartete Festtag in der Einsamkeit ganz schrecklich werden konnte. Sie sass bei mir die langen Abende, als die Kinder krank waren, sie hörte mit mir am Radio den Verlauf des Slansky-Prozesses und tat dabei, als ob sie zuhause nicht genug Ruhe hätte und nur bei mir zuhören könnte. Sie scheute weder Zeit noch Anstrengung und wenn sie nicht kommen konnte, schickte sie ihren Gatten zu mir, als ob das gerade sein grösstes Vergnügen wäre. Sie bereitete für uns alle ein zweites Heim, der Tisch war immer gedeckt und ein Gefühl der Wärme hatte uns immer übermannt.

Didus wurde ein Bestandteil meines Lebens, fein, unaufdringlich, ohne Superlative, eine Frau am richtigen Platz, in Leid und Not.

Am Donnerstag führte ich die Kinder in den Kindergarten und ging zu Didus.

Ich läutete. Schleppende Schritte waren im Vorzimmer zu hören. Die Tür ging auf und in ihr stand Didus, das Gesicht eine Maske, jeder Ausdruck verborgen in ihr.

„Didus", schrie ich auf, doch flüsternd klang die Stimme.

„Komm herein, ich werde Dir alles erzählen."

Mein erster Gedanke floh in Richtung Anita, die krank im Spital lag.

„Setz Dich", klang es wie ein Befehl. „Man hat Janko verhaftet", entschlüpfte ihren fast verschlossenen Lippen.

Also auch ihr Mann kam dran. Warum denn nicht? Er war ein kluger und wertvoller Mensch, sein Background war der kommunistischen Gesellschaft nicht geheuer, er war ein Jude und ein Intelektueller, ein gewesener Klassenfeind, denn Grundbesitzer war er auch noch dazu gewesen.

Warum denn nicht? Eine schreckliche Frage in einer menschlichen Gesellschaft. Aber sind denn heute nicht alle Werte auf den Kopf gestellt? Man muss die Fragen den Gegebenheiten anpassen, denn sonst bleiben die Antworten aus. Unsere eigenen Antworten sogar.

Sie war bemüht, stark zu sein, nur die Tränen liessen der Trauer freien Lauf. Sie wischte sie vom Gesicht, als wäre das ihre grösste Sorge, momentan.

„Du bist mir ein Beispiel. So will ich handeln wie Du. Dich hab' ich immer bewundert, jetzt ist an mir die Reihe in Deine Fusstapfen zu treten. Dich, Lydka, habe ich jetzt ganz für mich."

Allmählich erfasste ich die Dinge in ihrer richtigen Dimension. Der Schock ging vorbei und jetzt wurde mir die Aussichtslosigkeit unserer Lage klar. Die Katastrophe scheint weder räumliche noch Härtegrenzen zu haben.

Wann wird da mal halt gemacht?

Jetzt sah ich, die Wohnung war durcheinander, Reste einer Hausdurchsuchung. Ich fühlte, ich müsse etwas sagen. Jedes Wort des Trostes von mir, muss doch unwahr klingen, wie sollte es beruhigend wirken?

Und ich sagte bloss „Schau, auch ich lebe. Man kann ja auch so leben." Welch' schöne Worte des Trostes, die ein normaler Mensch für nicht normal halten musste. „Dich wird man vielleicht nicht so verfolgen!", sagte ich beruhigend.

Sollte ich die dumme Frage stellen, warum man ihn verhaftet hatte? Die Antwort konnte ich mir ja selber geben. Er war als nächster an der Reihe.

Doch, wie war die Liste der Wartenden, war sie lang oder vielleicht unendlich? Darüber dachte ich nach und kam mit der blöden Konstatierung: „So, Diduska, um eine Frau mehr in unseren Reihen. Ämter besuchen, hoffnungslos auf den Mann warten. Niemand wird Dir jetzt helfen die Sorgen zu tragen. Du musst Dich mit diesem Gedanken befreunden. Es ist nicht leicht."

Hätte ich ihr doch etwas vorlügen können, manchmal konnte auch d a s gute Folgen haben. Ich war aber unfähig, das zu tun.

Plötzlich rief mich Didus, ich möge mit ihr hinausgehen. Vielleicht würde mir da etwas einfallen, denn ich musste Zeit gewinnen. Die ganze Wahrheit konnte ich doch auf keinen Fall sagen, ich konnte nicht erzählen, was ich jetzt fühlte, was ich wusste und was sie noch erwartete.

Ich ging still wie mir befohlen, ich ging einer Didus nach, die fast kommandierte in einer Art, die ich ihr nie zugemutet hätte, so ihre Erregung verbergend. Ich ging mit ihr bis ins Kämmerchen, das einst als Speisekammer diente. Heute wurden dort überflüssige Dinge gehalten. Kaum war ich eingetreten, schloss sie hinter sich die Tür, und wir fanden uns in einem kleinen Raum eingeschlossen, wo wir uns fast nicht bewegen konnten.

„Lydka, ich brauche jetzt Deine Hilfe", brachte sie flehend hervor und der Kommandoton von vorher war dahin. Sie machte den Eindruck, als ob es nun um eine Verschwörung ginge. Sie zog aus dem Gerümpel ein Körbchen hervor, in dem man einst Brot zum Bäcker getragen hatte. Es war voll von Bohnen. Sie trat mit ihm an einen Tisch, auf dem allerlei lag und nur eine Ecke frei war. Hie schüttete sie wortlos die Bohnen aus.

Mir wurde schwarz vor Augen. Mit den Bohnen rollten kleine Patronen auf den Tisch. „Ich hatte Glück, man fand das nicht bei der Hausdurchsuchung", flüsterte sie, noch jetzt vor Angst zitternd.

„Wozu braucht ihr das, um Gottes Willen? Seit wann ist denn das bei euch?"

„Noch während des Krieges hatte Janko sich das in Ungarn verschafft, als wir uns dort verborgen hielten. Er wollte sich dessen nie entledigen, es wäre schade, pflegte er zu sagen, Du kennst ihn doch, wie hartköpfig er sein konnte."

Dann drehte sie sich nochmals um und zog wortlos aus einem Glas einen kleinen Damenrevolver. In einer normalen Situation hätte ich gelacht und das Ding als Operetteninventar betrachtet. Das war ja keine Waffe für einen Kampf. So dachte ich. Das war aber doch der erste, und hoffentlich auch der letzte Revolver, den ich in meinem Leben gesehen habe.

Fassungslos flehte mich Didus an. „Was werden wir damit machen? Wir müssen es aus dem Haus schaffen!"

„Selbstverständlich", sagte ich leise im kleinen, engen Kämmerchen und schon erbot ich mich, den Revolver zu mir zu nehmen.

„Nein", rief sie erschrocken, „er könnte losgehen!"

Übertreibe nicht, Didus. Warum sollte er losgehen, er ist ja nicht geladen!"

„Und wenn ja. Wir müssen das ausprobieren."

„Gut, wie willst Du das aber tun?"

„Auch daran hatte ich schon gedacht", sagte sie mit Tränen in den Augen. Ich werde ein Kissen bringen, und wir versuchen dann in das Kissen zu schiessen."

„Gut", klang meine zustimmende Antwort.

Didus verschwand und in einer Weile kam sie mit einem riesigen Federkissen zurück.

Ich gebe zu, dass auch ich Angst hatte, ich war weder ein erfahrener Einbrecher noch ein Berufsmörder, aber Didus mit dem Kissen war ein Anblick für die Götter. Lachen war nicht angebracht, die Situation war viel zu ernst. Mit zitternder Hand nahm ich den Revolver und drückte ab, in Richtung Federkissen. Es war ein Agenblick der Spannung. Ich wollte eigentlich nur den Hahn abziehen und ich hätte furchtlos geschossen, wäre dieses Luder nicht ganz verrostet gewesen.

„So, Didus. Eines ist sicher. Dieses Ding schiesst nicht."

„Sicher oder auch nicht. Ich weiss nur, wenn man das bei der Hausdurchsuchung gefunden hätte..."

„Ich weiss. Niemand hätte beweisen können, dass das Ding da vollständig unschädlich sei."

Und verschwörerisch einigten wir uns, wir zwei Heldinnen, der Revolver müsse verschwinden. Aber wohin mit ihm? Wir einigten uns schliesslich, dass wir am Abend spazieren gehen und uns der Waffe, so nebenbei, in einen Abfalleimer entledigen wollten.

Abends trafen wir uns abermals im Kämmerchen und nahmen alle Patronen und die Waffe zu uns. Für mich sah ich gar keine Gefahr in einer Waffe, ich dachte darüber nicht mehr nach, für mich war nur eine Gefahr in der Welt, und das war der Staatssicherheitsdienst. Ich nahm den Revolver zu mir, schob ihn unter meinen Pullover und Didus steckte die in ein Papier gepackten Patronen in ihren Wintermantel.

Wir gingen kreuz und quer durch einige Strassen. Die Nacht war hell und trocken, der Mond schien als schiene er uns zum Trotz. Der Himmel war voller Sterne. Die sonst so schwach beleuchtete Stadt schien jetzt hell wie noch nie. Kaum kamen wir zu einem Müllkorb, erschien jemand und wir verschwanden ganz auffällig-unauffällig. Angst schnürte mir die Kehle zu und im Bestreben sie zu verscheuchen, tat ich sehr selbstsicher.

Nach einem unendlich langen Spaziergang kam mir der rettende Gedanke, die Dinge in die Donau zu werfen. Und schon nahmen wir den Weg zur Donau.

Leicht gesagt. Das Ufer war mit Steinquadern gepflastert und das Wasser schien für uns unerreichbar. Die Trockenperiode hatte den Wasserspiegel sehr tief gesenkt und unsere Last wäre über die Steine gerollt und hätte einen ohrenbetäubenden Lärm gemacht. Die Idee war also doch nicht so gut.

„Weisst Du was, Didus, wir werden das Ding von der Brücke hinabwerfen", war mein nächster Rat.

Auch das wurde wortlos angenommen. Ich hörte nur ein leises Seufzen: „Was würde ich ohne Dich machen".

Die Donau ist in Bratislava 300 m breit. Statt der alten Brücke, die von den Deutschen zerstört wurde, wurde von der Roten Armee eine neue gebaut. Das steht auch auf der Gedenktafel geschrieben, zum ewigen Andenken an die Rote Armee. Das dankbare Volk hatte jedoch verschweigen müssen, dass die Brücke aus UNRA-Material und mit Hilfe amerikanischen Geldes errichtet wurde. Wir gingen also wie zwei Untergrundkämpfer auf die Brücke. Wir fanden ein Loch und warteten, bis weit und breit keine Meenschenseele war.

Nachts konnte ich nicht einschlafen. Es war sehr kalt, ich zitterte am ganzen Körper, ich weiss nicht, ob vor Kälte oder vor Angst. All das war viel zu viel für mich. Ich war eine Mutter, nichts anderes wollte ich sein. Wohin trieb mich das Leben? Welche Zeiten lebte ich da? Warum musste ich ein so schreckliches Leben führen? Ich wollte so gern ein kleiner, unauffälliger Mensch sein, wie ich es in meinem Elternhaus war. Was hatte das Leben aus mir gemacht, und was hatte es mit mir noch vor?

Meine Gedanken flogen stets in die Vergangenheit zurück, und ich musste immer, ob ich es wollte oder nicht, Parellelen ziehen, Vergleiche mit dem einst schon Erlebten. Geschleppt wurde ich durchs Leben, einst und jetzt, ohne auch nur im Geringsten auf die Geschehnisse Einfluss nehmen zu können. Damals und heute suchte ich vergebens eine Antwort auf die Frage über menschliche Moral, vergeblich bemühte ich mich die Mentalität des Menschen zu verstehen oder so etwas, wie ein Gefühl in ihnen zu finden.

Am ganzen Körper zitternd war ich bemüht zu erfassen, was in den letzten Stunden geschah, doch meine Gedanken fanden keinen Halt und flohen weit, weit in die Ferne des Jahres 1942.

Ich war bei meinem Schwager in Bratislava, am Fischplatz, so hiess die Strasse, im Versteck. Allein stand ich da, mein Mann im Gefängnis in Ilava, meine Eltern und mein Bruder im Arbeitslager in Sered.

Transporte gingen wöchentlich. Wöchentlich wurden 1000 Menschen deportiert, durch Arbeitslager, über Auschwitz, in die Ewigkeit.

Der Verkehr bei meinem Schwager war sehr gross. Einige kamen, um sich einen Rat zu holen, andere, um Ratschläge zu erteilen. Und ich harrte der Dinge, suchte allein nach Ratschlägen, die ich mir nicht geben konnte. Und ich handelte, wie mir Frau Helene Adler riet, die ausgezeichnete Verbindungen hatte und mit ihrem Charme und Geschenken so manche wichtige Persönlichkeit umwarb. Ich sollte mich bemühen, ein Dokument zu erwerben, worin bestätigt würde, dass ein Grossgrundbesitzer meinen Mann als wichtige Arbeitskraft benötige. Wenn ich eine solche Bestätigung der Obrigkeit vorweisen könnte, würde mein Mann als wirtschaftlich wichtiger Jude aus dem Gefängnis entlassen.

Es war gerade Mittagszeit, als ich in Banovce ankam. Eine kleine Stadt, wo jeder jeden kennt. Dort bin ich geboren, dort wuchs ich auf, dort lebten meine Vorfahren, dort fanden sie ihr Grab, dort kannte mich ein jeder und ich kannte jeden, jeden Stein, jeden Baum.

Ich ging zur Kusine, der nächsten Verwandten, die ich dort hatte. Wer nicht beizeiten starb, wurde verschleppt. Ich machte einen Umweg auf dem Weg zu ihr, denn ich wollte den Anblick meiden, in der Tür unseres Hauses einen Fremdling stehen zu sehen, und ich ging so an der Polizeistation und am Haus der Hlinkagarde vorbei.

Ich dachte daran, wie man mich empfangen und welche Freude ich meinen Gastgebern bereiten werde. Auf eine Überraschung war ich nicht gefasst.

In der Küche stand das Dienstmädchen, eigentlich ein Familienmitglied, denn sie gehörte zum Haus. Das Haus ohne sie war unvorstellbar. Als sie mich erblickte, erblasste sie und schrie fast hysterisch auf.

„Jesus Maria, bist Du verrückt geworden?"

Die Kusine kam herbeigerannt, fasste mich bei der Hand, schimpfte, stöhnte und kreischend drängte sie mich ins Schlafzimmer hinein. Ich wusste nicht was los war. Alle sprachen durcheinander, murmelten unverständlich als wären sie nicht bei Sinnen.

Nur mit Mühe erfasste ich die Lage.

Die Polizei suchte mich seit frühmorgens. Sie hatte nach mir auch die Wohnung meiner Kusine durchsucht und vor nicht langer Zeit das Haus verlassen. Gerade an diesem Morgen begannen Polizisten und Gardisten abermals mit der Suche nach Juden, die sich auf ihrer Liste befanden, und mein Name stand mit darauf.

Ich erfasste noch immer nicht voll die Lage und erst als ich erfuhr, dass man meinen Mann heute aus Ilava ins Auffanglager in Zilina, zwecks weiterer Deportation abschob, wusste ich, ich gehörte dazu. Morgen geht angeblich ein Transport nach Ausschwitz ab und da sich viele versteckt hielten, nimmt man statt ihrer andere, denn die gewünschte Zahl muss gesichert sein.

Die Kusine verlor ihre Nerven, sie beherrschte sich nicht mehr und lief im Zimmer unter ständigem Gekreisch herum.

„Du musst sofort mein Haus verlassen, laufe, um Gottes Willen davon, denn sie werden Dich hier finden! Nein, Du kannst nicht hinaus", schrie sie verzweifelt auf, „denn niemand wird mir dann glauben, dass Du tatsächlich nicht hier warst, als man Dich vorher gesucht hat."

Sie schrie und weinte.

„Was stehst Du hier, mach schon was, steh doch nicht so!"
Zwanzig Jahre war ich alt. Ich stand im Zimmer, inmitten dieses schrecklichen Schauspiels, zu Stein erstarrt. Allmählich kam mir zum Bewusstsein, dass ich auf meine eigene Entscheidung angewiesen bin, denn alle um mich herum waren drauf und dran, ihren Verstand zu verlieren. Und ich entschied.

„Ich geh nirgends hin."
Meine Entschlossenheit fand allmählich einen positiven Widerhall, alle begannen sich zu beruhigen und nahmen meine Entscheidung zur Kenntnis.

„Ich werde mich entweder auf dem Dachboden oder im Keler verstecken. Wenn die Polizei schon wiederholt hier war, wird sie sicherlich nicht mehr kommen. Das ist wahrscheinlich. Gehe ich jetzt aber auf die Strasse, werden sie mich erwischen. Das ist sicher. Erwischt man mich, wird man mich zu meinem Mann schicken, um uns zusammen zu deportieren. Nichts wird uns mehr helfen. Ich muss also unbedingt Zeit gewinnen."

So kroch ich also auf den Dachboden hinauf und wartete, bis es dunkel wurde.

Fein gesagt „bis es dunkel wurde". Minuten schienen Stunden zu sein und Stunden eine Ewigkeit. Dort oben auf dem Dachboden sass ich inmitten von Maiskolben ohne mich zu rühren, denn unter mir war eine Werkstätte voller Menschen, eine Werkstätte, in der ich selbst einst tätig war. Jede meine Bewegung hätte ganz sicher die Aufmerksamkeit der Leute geweckt.

Abends stieg ich die Leiter hinunter. Ich wusste, dass ich Banovce verlassen musste, ohne gesehen zu werden. Ich konnte jedoch nicht in den Zug einsteigen ohne erkannt zu werden. Ich beschloss daher ins nächste Dorf zu gehen und dort einen Zug zu nehmen.

Paula, das alte Dienstmädchen, hatte mich in ihr Wolltuch eingehüllt, um den Kopf hatte ich mir ihr Kopftuch gebunden, und wir zogen so durch die dunkle Nacht. Sie und ich, wir zwei, die Schatten der Zeit.

Es war eine trockene Herbstnacht. Ein starker und kalter Wind blies, und wir gingen durch Strassen und Felder, am ganzen Leib zitternd. Ich weiss nicht, wer von uns mehr bebte, sie oder ich. Wir beschlossen uns gegenseitig zu stützen und eingehängt einherzugehen.

Menschen auf Fahrrädern fuhren an **uns vorb**ei, Passanten

kreuzten unseren Weg. Ein jedesmal hörte ich Paulas leises Stöhnen.

„Es kommt schon wieder jemand, man hat uns schon erwischt, Jungfrau Maria, wir sind verloren! Jesus Christus, Du am Kreuz, bete für uns! Gott mein guter, der Du bist im Himmel, erbarme Dich unser!"

So wanderten wir, zwei Heldinnen, durch eine frostige Herbstnacht in eine unbekannte Welt.

Welche Art Welt war das? Was wollte sie von mir? Wo trieb sie mich denn hin?

XXXIV.

Ich begann abermals an meine Zukunft zu denken. Vielleicht gelang es mir, die Maschinerie zu überlisten, vielleicht wusste man in Pezinok nicht, dass die Entfernung von der Stadt nur 29 km war? Irgendetwas musste ich tun!

Entschluss und Tat standen bei mir eng nebeneinander.

Nach langem Warten im Vorzimmer wurde ich zum Kadermann eingelassen. Er war immer lieb, sogar sehr lieb gewesen, er lächelte mich an und pflegte auch zu spassen.

Jetzt blickte er in seine Akten, als wäre sein Blick dort tief begraben und das Lächeln blieb aus.

Er begann.

„Na, Genossin, es tut mir sehr leid, diesmal wird es also nicht gehen. Du hast nicht die volle Wahrheit gesagt!"

„Warum, Genosse. Sie haben gefragt, ob die Charakterbeschreibung meiner Person gut sein wird und ich hoffe, sie ist es auch."

Ohne ein Wort zog er ein Papier heraus und überreichte es mir. Ich las.

„Sie ist arbeitsam, gewissenhaft, studierte fleissig, um sich in ihrem Fach weiterzubilden, wobei sie sich noch musterhaft um die Erziehung ihrer drei Kinder sorgte."

Es war mir klar, dass dieser Teil der Beschreibung an meinem gewesenen Arbeitsplatz verfasst wurde. Dann kam jedoch die zweite Hälfte, die der Kadermann hinzufügte. Er strengte seinen Verstand nicht an, vielleicht hatte er gar keinen. Und da er unfähig war, selbst etwas zu konzipieren, schrieb er ganz einfach ab, was auf dem vorgedruckten Formular der „B"-Aktion stand.

„Obgenannte hat auf Grund des Nationalratsbeschlusses

aus Bratislava als politisch unzuverlässige Person abgeschoben zu werden."

Meine Wut vereinte sich mit Verzweiflung. Ich wusste, hier hätte ich verloren.

Ich drehte mich um und ging, rannte, um diesem Menschenwurm die Wahrheit in seine schwarze Seele hineinzuschmettern. Er musste nicht nur wissen, sondern auch hören, und wenn er wollte, konnte er es sich auf Tonband aufnehmen, um mich wegen Ehrenbeleidigung vor Gericht zu stellen. Er musste hören, dass er aus mir die Kündigung herausgelockt und meine Kinder um ein Monatsgehalt gebracht hatte. Er musste hören, dass er hinterlistig log, dass er ein unfähiger und beschränkter Betrüger war, unfähig mit seinem Hühnerverstand Menschenschicksale zu erfassen.

Das alles musste ich ihm sagen, das schuldete ich mir selbst.

Doch entwaffnet blieb ich stehen, als ich diese blöde, unfähige, ohnmächtige Fratze sah, wie sie mich ratlos anglotzte, in der einfältigen Überzeugung, nichts Böses getan zu haben. Er hätte das doch so schön abgeschrieben!

Es blieb mir nichts anderes übrig als zu warten, warten, bis man mich aus Bratislava abschob. In meinem Leben hatte ich das Warten schon erlernt. Ich sass zweieinhalb Jahre im Bunker, welch gute Warteschule war das!

Ist es aber möglich auch das Leiden zu erlernen? Vielleicht. Der Mensch wird apathisch, er stumpft ab, seine Auffassungsfähigkeit sinkt, er verpuppt sich und lässt das Leben an sich vorüberziehen.

Ich konnte mir jedoch diesen Luxus nicht erlauben. Meine grosse Verantwortung hatte ich stets vor Augen, es kamen Dinge, Krankheiten und andere Sorgen, die zum Handeln zwangen.

Das Leben in dem kleinen Zimmer, mit dem Fenster auf den Lichthof hinaus, schien unerträglich für mich, die Kinder und die Hausherren.

Eine Lösung musste erzwungen werden.

Mit Modra und Pezinok konnte ich nicht mehr rechnen, obwohl ich mich dort schon in einer Wohnung heimisch glaubte. Ich erfasste endlich die Lage. Man kann nicht ewig gegen den Strom schwimmen. Und meine ganze Existenz schien in ihrer Bewegung ein solch gewaltsames Schwimmen gegen den Willen der Welt zu sein.

Was wollte die Welt von mir, was konnte sie gegen mich im Schilde führen?

Das Judentum und ich in verzwickter Einheit. Man wollte mich und das Judentum ausrotten und nur meine, unsere Zäheit hielt uns am Leben. Und wenn wir von Zeit zu Zeit von unserer Umgebung ins Elend gedrückt, im Schlamm untergetaucht wurden und in den Schweinereien unterzugehen drohten, so standen wir wieder auf, schüttelten den Dreck ab und gingen oder schleppten uns weiter. Der abgeschüttelte Schmutz blieb jedoch auf unserer Umgebung kleben, um manchmal abzubröckeln, manchmal, mit neuen Mitteln bespritzt, aufzuleben.

Dieser Kampf ums Überleben geht unentwegt weiter, nur seine Formen sind verschieden, seine Wege mannigfaltig, abhängig vom Zutritt des Henkers zu mir als seinem auserkorenen Opfer. Manchmal tritt er offen auf, entblösst, ein anderes Mal in Kapuzen eingehüllt. Sein Zeichen ist ein Hakenkreuz, ein Ritterkreuz, ein islamischer Halbmond, ein Hammer mit Sichel, ja, ein einfaches Kreuz sogar. Und ich muss mich gegen diese Welt wehren, denn auch der blöde Kadermann ist ihr neuartiger Repräsentant.

Endlich befand ich mich wieder in den Vorzimmern der mir schon so gut bekannten Ämter, diesmal mit einer ganz komischen Bitte.

XXXV.

Ich bitte Sie, schieben Sie mich doch endlich ab!"

Macht etwas! Macht schon etwas! Womit unterscheidet ihr euch von den Nazimördern? S i e stellten Gaskammern auf und liquidierten uns im Handumdrehen. Ihr habt eine andere Methode, eine langsame, sehr wirksame. Schritt für Schritt. Jedes Teilchen meines Körpers, und noch ärger, meines Geistes seid ihr im Begriff, bewusst zu zerstören, ihr quält mich langsam, aber zielbewusst bis zum bitteren Ende.

Schützt Verlogenheit davor, geradeheraus Mörder genannt zu werden? Sind eure Phrasen über Menschlichkeit und Frieden, über Gerechtigkeit und Liebe zu allen Klassenfreunden nicht abstossend in ihrer Falschheit und gefährlich in der Kalkulation auf die Naivität der Menschheit? Viele fallen auf euch herein, auch die Politiker verschiedener Schattierungen. (Spielt die Moral bei Politikern überhaupt eine Rolle, wenn's um eigene Interessen geht?) Doch eure Maske wird einmal heruntergerissen, ihr werdet sie euch selbst herabreissen und

dann vor der Wellt in eurer nackten Realität dastehen.
Ich suchte nun eine Kommission, die sich „B"-Aktion nannte. Doch plötzlich gab es keine, niemand wusste Bescheid. Vergebens bat ich „nennt mir, bitte, wenigstens einen Menschen, der dort sitzt! Ich will nur eine Protektion: abgeschoben zu werden! Ist denn das zu viel verlangt?"

„Na ja, Genossin", sagte mir endlich ein Beamter des Nationalrates, „das ist eine ganz geheime Kommission, die niemand kennt."

„Sie müssen doch von jemand Anordnungen bekommen. Oder werdet ihr vom Untergrund dirigiert?"

Im letzten Moment hatte ich das Wort „Untergrund" für „Unterwelt" eingesetzt, denn die volle Wahrheit zu sagen ist doch ein wenig zu gefährlich.

„Sicherlich handeln wir nicht allein, aber mir ist keiner der Genossen, die hinter den Anweisungen stehen, auch nur namentlich bekannt", war die immer wiederkehrende Antwort.

„An wen soll ich mich nun wenden?", klang meine Frage weiter, mehr für mich selbst gesagt, als eine Antwort erwartend. Gegen diese Ku-Klux-Klan-Organisation kam man doch nicht an!

Mein Gedankengang war richtig, aber was half mir das schon. Ich ging abermals von Tür zu Tür und ich stellte bitter fest, dass nur noch das Ministerium für Schwerindustrie von mir nicht angegangen worden war.

Endlich fand ich im Gebäude des alten Rathauses ein Amt, das Leute Kopf über Fuss aussiedelte. Da ging ich hin, um mein komisches Gesuch vorzutragen. Im Foyer stiess ich auf einen alten Bekannten, den ich seinerzeit wegen der Wohnung und dann um des kleinen Zimmers willen einigemal aufsuchen musste.

„Na, so eine Überraschung, Genossin, was machst Du denn hier?"

„Ich bleib Ihren Ämtern treu."

„Komm nur weiter", klang seine aufmunternde Einladung, und er führte mich in seine Kanzlei. Sein Interesse wirkte auflockernd, ich begann zu reden und fühlte mich plötzlich wie eine Waise, die niemanden hatte, um ihm ihr Leid auszuschütten. Sie erzählte daher ihre Geheimnisse jedem, wenn er nur bereit war sie anzuhören.

„Ich hätte Dich lieber mit anderen Dingen unterhalten, ich kann aber aus dem Teufelskreis nicht heraus. Ich hab keine Kraft weiterzukämpfen, alles hat seine Grenzen!"

„Was redest Du von Grenzen! Du gehst um den heissen Brei herum. Merkst Du denn das nicht? Fahre nach Prag und versuche es dort. Hier ist der Kreis geschlossen, hier wirst Du sicher nichts erledigen. Fahre nach Prag, dort kannst Du vielleicht bis zum Präsidenten kommen."

Wieder ein Strohhalm, an dem man sich festhalten konnte. Jede Aktion, wäre sie noch so unmöglich, war für mich ein Hoffnungsstrahl, der neue Kräfte verlieh.

Schon für den Einfall war ich dankbar und ich begann sofort, Pläne zu schmieden.

„Gut. Ich fahre Sonntag nachts und am Montag will ich mit dem Versuch in Prag beginnen."

„Warte, warte nur, nicht so voreilig, am Montag ist in Prag kein Empfangstag. Fahre montags mit dem Nachtzug und am Dienstag werde ich Dir sagen, wohin Du Dich wenden sollst. In Prag werde ich mich genau informieren."

„Fährst Du auch hin?"

„Ja. Am Montag können wir uns auf dem Bahnhof treffen. Du sorge Dich um nichts, ich werde Fahrkarten kaufen und auch ein Schlafwagencoupe besorgen."

Nachhause lief ich voller Freude. Interessant, wenn ich mich über etwas freute, lief ich immer, als ob mir das Ziel entschlüpfen sollte. Unterwegs hatte ich eingekauft und zuhause angelangt, begann ich die Wohnung aufzuräumen.

Immer von neuem machte ich mir Vorwürfe, dass ich in letzter Zeit untätig sass und, Gott weiss, was ich alles versäumt hatte. Man muss schliesslich und endlich unter die Menschen gehen, Informationen einholen, auf dem Laufenden sein, um etwas erledigen zu können. Zwischen den vier Wänden ist es kaum möglich zu Resultaten zu gelangen.

Ich vergegenwärtigte mir nun jedes Wort, das wir mit meinem Bekannten gesprochen hatten und..., wie war denn das eigentlich?

Ich blieb stehen, begann nachzudenken, ich überlegte, überlegte und begann plötzlich zu lachen, das erste Mal nach sehr, sehr langer Zeit.

Eine Frau, ein Weib war ich, ich hatte ja ganz vergessen, dass ich eine Frau war, ich war doch eine Frau! Noch immer fand sich jemand, der in mir eine Frau sah! Und ich selbst wähnte mich nur ein Ding, ein geschlagenes und gemartertes Etwas zu sein, das nur zum Leiden bestimmt ist. Welch eigenartiges Gefühl, ich hatte Amerika entdeckt! Mit Hilfe dieses Genossen hatte ich in mir abermals den Menschen gefunden.

XXXVI.

Es ist nicht so lange her, dass mein Bruder, zu meinem dreissigsten Geburtstag, mit einem grossen Blumenstrauss zu mir kam. Er kam abends, mit Freunden und eine intime, schöne Geburtstagsfeier wurde für mich organisiert. Es war ein schöner Abend, wir sassen zusammen, wir plauderten. Eine Änderung im täglichen Leben. Lieb war es, am Abend so beisammen zu sitzen.

Sie gingen und ich blieb traurig, sehr traurig, mit meinen Gedanken zurück. Erinnerungen übermannten mich.

Auch meinen zwanzigsten Geburtstag feierte ich ohne meinen Mann. Welche Parallele! Auch damals war er im Gefängnis, damals als Kommunist. Er war es nicht. Welche Parallele!

Jenen Tag verbrachte ich in der Wohnung meines Schwagers. Es war am 22. September 1942, der grösste jüdische Feiertag „Yom Kipur", von Nichtjuden auch „Langer Tag" genannt. Mit meinem Schwager zusammen wohnten dort noch zwei andere Familien. In meiner Naivität glaubte ich, hier sicher zu sein, denn die Wohnung meines Schwagers war das Zentrum der jüdischen Untergrundbewegung und alle, die mit der Rettung von Juden beschäftigt waren, hatten sich hier ein Stelldichein gegeben.

Unter ihnen war der Rabbi Frieder, ein weiser Mann, nicht gross an Statur, rothaarig, mit einem grossen Bauch. Er konnte wahrlich nicht schön genannt werden, doch wo immer er auch erschien, wurde er zum Mittelpunkt der Gesellschaft. Man hatte den Eindruck, in ihm sei die Mitte der Welt. Er hatte Verbindungen zu den höchsten Stellen, er verhandelte mit Ministern, er hatte grosse und kleine Mittelsmänner an allen Enden. Trotz seines unbestrittenen Charmes, dachte ich kaum, dass er diese Verbindungen ohne den guten Klang des Geldes ausgenützt hätte.

Ihm zur Seite stand Rabbi Weissmandel, ein religiöses Mitglied des Klans, dessen Aussehen und innere Werte einander widersprachen. Unschätzbar war sein Verstand und die Lauterkeit seiner Seele, die grossen und edlen Attribute dieser kämpfenden Rabbigestalt.

Die Frauen waren hier durch Gisi Fleischmann vertreten, die ihr ganzes Leben dem Wohle des Menschen geweiht hatte und der „Sonderbehandlung" im Vernichtungslager zum Opfer fiel. Das sind nur drei von denen, die täglich ein- und ausgingen, in einem Haus, wo ich mich sicher fühlte.

An jenem Morgen hörten wir den Schall schwerer Schritte im Treppenhaus. Es war der Klang gardistischer Stiefel. Ein Klopfen ertönte an den Türen der Wohnungen, Weinen und Kindergeschrei erfüllten das vor Schrecken geschockte Haus.

Es läutete, die Glocke schrillte in meinen Ohren. Ich war entschlossen, nicht mitzugehen und durch den anderen Ausgang zu flüchten.

Wir mussten aufmachen. Vor der Tür stand ein Nachbar, der uns mit bebender Stimme die Kunde Rabbi Frieders mitteilte.

,,In der Stadt ist eine Jagd auf Juden. Aus Sered kam die Nachricht, dass man darangeht, die Hälfte der tausend Insassen zu deportieren, ebenso stehen die Dinge in Novaky, von wo fünfzig Prozent der zweitausend jüdischen Häftlinge verschickt werden sollen. Aus den zwei Lagern werden heute tausendfünfhundert Menschen in den Tod geschickt."

Es war Yom Kipur, ein Festtag, an dem man sich aller Sünden entledigt, die nicht bewusst begangen wurden. Ein Tag, an dem im Himmel bestimmt wird, wer sterben, wer leben wird, wer umkommen wird durch Feuer, wer durchs Schwert, wer durch Wasser, wer durch wilde Tiere, wer durch Krankheit, wer durch... ja, wer und wodurch. Das steht im Yom Kipurgebet geschrieben und diese Drohung belastet das Gemüt des fastenden Juden.

Es war Yom Kipur, von Nichtjuden auch ,,Langer Tag" genannt. Für viele war es der längste Tag überhaupt.

Den ganzen Tag war die Luft voller Tränen, es wimmelte von Henkern und Opfern, Kindergeschrei, Greisengemurmel, Fluch und Gebet, alles tönte durcheinander, und ich blickte hinter den Vorhängen auf die Strasse hinab.

Mein Schwager betete ohne Schuhe stehend mit leiser Stimme sein Gebet: wer sterben, wer umkommen, wer leben, wer durchs Feuer, wer durch Hunger...

Auf Gebete bleibt die Antwort aus. Und an unserer Tür läutete n u r der Nachbar.

Ein langer Tag, an dem viele religiöse Menschen das erste Mal in ihrem Leben fuhren und den Feiertag entweihten. Sie wurden in Lastwagen ins Auffanglager ,,Patronka" verschleppt.

Fünfzig Prozent! Wer war das?

Mein Mann sass im Gefängnis in Ilava und meine Mutter mit dem gelähmten Vater und mit meinem Bruder im Lager in Sered.

Fünfzig Prozent!

Jeder war um seine Nächsten bedacht. Wenn ich erfuhr, dass meine Familie nicht verschickt wurde, war es zu verargen, wenn sich meiner ein einigermassen zufriedenes Gefühl bemächtigte, ein Gefühl der Erleichterung? War das ein Zug von Unmenschlichkeit? So stehen die Dinge aber auch im normalen Leben, erst recht in Zeiten, die alle Werte auf den Kopf stellen.

Wir sassen und warteten voller Unruhe auf den Abend, der uns eine Antwort bringen sollte.

Das Telephon läutete. Ich nahm den Hörer ab. Die Stimme meiner Mutter kam mir entgegen.

„Wir sind alle gesund. Wie hast Du den Festtag überstanden? Bist Du gesund? Ist Dir nichts passiert? Es war ein schwerer, langer Tag!"

Das merkte ich aus ihrer Stimme.

„Meine Kleine, heute hast Du Geburtstag, Deinen zwanzigsten, ich gratuliere Dir", sprach die verklingende Stimme meiner Mutter.

Der Fasttag war vorbei. Wir sassen beim Essen. Rabbi Frieder und Freunde kamen und am Tisch wurde der Tag besprochen. Nur ich sass in meine eigenen Gedanken versunken. Niemand hatte mein Schweigen wahrgenommen und als alle Gäste unsere Wohnung verliessen, hauchte ich verlegen, rot im Gesicht:

„Heute bin ich zwanzig Jahre alt geworden."

Die Ankündigung lockerte die Gespanntheit und ich begann zu weinen, ich weinte immer stärker, denn mein Mann war im Gefängnis und meine Eltern im Auffangslager, heute n o c h vor dem Tod gerettet.

Ich weinte und mit mir die ganze Gesellschaft um mich herum.

Damals sass mein Mann als Kommunist im Gefängnis, er war es nie gewesen. Heute hatte ich meinen dreissigsten Geburtstag, mein Mann sass als Antikommunist im Gefängnis, er war es nicht gewesen.

So ist es um uns bestellt.

Ein Wanderer ging um die Welt. Er kam in ein Städtchen. Am Hauptplatz angelangt, hörte er die Frage „Welcher Partei gehörst Du an?" „Der Volkspartei." Er bekam schreckliche Schläge, denn in diesem Städtchen wählte man die Nationalpartei. Er nahm alle seine Kräfte zusammen und machte sich auf den Weg. In einem anderen Städtchen angelangt, wurde er abermals angesprochen. „Welcher Partei gehörst Du an?" Nun war er schon im Bilde und sagte laut ohne Nachzudenken „Der Nationalpartei", und Hiebe sausten auf ihn herab. Hier lebten die Anhänger der Volkspartei.

Der Wanderer ging seines Weges und ins dritte Städtchen gelangt antwortete er auf die gestellte Frage ;"Welcher Partei gehörst Du an?": „Fragt nicht, Menschen, schlagt nur drein."

XXXVII.

In Prag kam ich schon um sechs Uhr morgens an. Es goss in Strömen. Auf dem Bahnhof wurde ich von Berta erwartet. Ich sah, wie sie nach mir Ausschau hielt und jeden Ankömling musterte. Ich hatte ihr zwar den Zeitpunkt meiner Ankunft mitgeteilt, aber ich wollte nicht, dass sie diesen langen Weg zum Bahnhof mache. Doch sie stand hier, eine goldene Seele. Sie wollte mir bloss das Suchen ersparen, ich sei ja nie bei ihr in Prag gewesen.

Ich hätte sie gefunden. Es gibt keine andre Stadt auf der Welt, wo man den Fremdling so genau zu seinem Ziel lenken würde. Ein Prager geht mit dem Unbekannten einige Kilometer zu Fuss, damit er nicht vom Weg abkomme, und erklärt ihm dabei historische Zusammenhänge und lenkt seine Aufmerksamkeit auf die Besonderheiten der herrlichen Stadt. Jeder Prager ist ein Fremdenführer, er macht es umsonst und verantwortungsvoll. Er weist darauf hin, was historisch, was neu ist, er hat immer etwas zu erklären. In Prag ist ja so manches zu sehen. Jede Strasse, fast jede Strassenecke hat ihren Zauber, und man kann sich nicht des Gefühls erwehren, hier wird man von der Geschichte angesprochen, sie umfasst den Besucher in ihrer Fülle, sie umwebt ihn und man vergisst die Gegenwart, um die Atmosphäre der Vergangenheit zu atmen. Man lebt hier in einer anderen Welt, die niemand zu stören wagt.

Doch die Gegenwart ist stärker und sie drängt sich auf. Sie siegt schliesslich über die Umgebung, die sich nicht zur Wehr setzen kann.

Im Zug lernte ich fast auswendig, Satz für Satz, was ich beim Präsidenten vortragen wollte. Auch die Betonung legte ich mir zurecht, die Gedanken sammelte ich, um nichts auszulassen. Ich sprach mir selbst Mut zu, überlegte alles, um mich nicht aus der Ruhe bringen zu lassen, um nicht zu weinen, um den richtigen Eindruck zu machen. Denn das war das erste Mal, dass ich mit einem Staatsoberhaupt sprechen sollte.

Die Leute, die mich im Zug, in der Ecke verkrochen, manchmal die Lippen bewegen sahen, mussten denken, „die ist ja nicht ganz bei Sinnen!" Ich weiss nicht, ob ich's war, ich wollte es aber unbedingt sein, und darauf war ich eingestimmt.

XXXVIII.

Mein Weg führte mich auf den Hradschin. Dachte ich denn tatsächlich daran, dass ich vom Präsidenten empfangen werde? Glaubte ich, als ich diesen Weg begann, an eine solche Möglichkeit?

Ich wusste, dass Kaiser Franz Josef Bittsteller in Schönbrunn empfangen hatte, ich hörte, Haile Selasie gäbe dem Volk jede Woche Audienz, der Papst lässt sich jeden Mittwoch vor die Gläubigen und Ungläubigen vorführen, um den Massen in der Peterskirche seine Worte zu widmen und seinen Segen zu erteilen. Aber ein kommunistischer Präsident? Der ist doch ein Teil der „B"-Aktion, ein Teil des roten Ku-Klux-Klan.!

Berta, meine Bekannte, noch aus meiner Heimatstadt, hatte mich bis zum ersten Hradtschintor begleitet, und trotz des strömenden Regens wollte sie auf mich warten, bis ich zurückkäme. Sie wollte mich nicht in den schweren Momenten der letzten verspielten Hoffnung, allein lassen.

Im Eilschritt ging ich zu dem Gebäude, das mir von der Torwache gezeigt wurde. Meine Kehle war trocken und vor Aufregung wie zugeschnürt, doch ich war froh, dass man mich nur ohne Berta weiterliess. In der Lage, in der ich mich befand, bei der totalen Konzentration, wäre es über meine Kräfte gewesen, indifferente Reden zu führen. Was ich auf dem Herzen hatte, darüber konnte man nur und nur schweigen.

Wie jede Institution, hatte auch diese einen Zerberus am Eingangsfenster sitzen. Diesmal war es eine Frau. Ich trug meine, auch für die Wächter einstudierten Sätze vor - die Worte kamen mir in richtiger Reihenfolge in den Sinn und sie waren wirklich für die Wächter bestimmt - und die Frau Zerberus teilte mir mit, ich möge in der Abteilung für Interventionen vorsprechen. Diese befinde sich in der „Zlata", Goldgässchen genannt, wohin man durchs Tor Nummer drei geht und... Und da veränderte sich die typische Beamtin in eine typische Pragerin. Sie schlüpfte aus ihrem Gehäuse und erklärte mir lang und breit, wie ich dieses Gässchen am besten finden werde.

Ich fand das zuständige Tor mit Leichtigkeit. Ich erblickte die nummerierten Gebäude, die den Burghof umgaben.

Es hörte nicht auf zu regnen. Ein Wasserfall schien vom Himmel herabgelassen worden zu sein. Ich lief, sprang über Wasserpfützen und blieb erst vor dem majestätischen Gebäude des St. Veitsdom stehen.

Sogar mich übermannte die Herrlichkeit dieses Denkmals der Vergangenheit. Ich widerstand nicht und blieb stehen. Nur eine Weile stand ich und bewunderte atemlos, nur eine Weile. Das war nicht die Zeit für historische Betrachtungen. Die Überwältigung durch Grösse braucht auch ihre Zeit. Und der Regen half mit, den Funken des Interesses auszulöschen. Es fiel ihm leicht, denn die Gegenwart schlägt mit ihrer unbarmherzigen Härte auch die schönsten Gefühle, für die Herrlichkeit des majestätischen Denkmals nieder.

Das kleine, malerische Gebäude vom 16. Jahrhundert stand genau auf dem Platz an dem ich es, aufgrund der Beschreibung der Frau Zerberus suchte.

Ich trat ein. Ähnlich wie in allen hier befindlichen Gebäuden, musste ich den Hausflur passieren, um vom Wächter, genau gesagt vom Sicherheitsbeamten Instruktionen zu erhalten, welche Türnummer für solche Klienten, wie ich es war, bestimmt sei.

Der erstbesten Person, die ich im Zimmer vorfand, begann ich meine Erzählung vorzutragen. Ich hielt inne, als man mich mit einer Handbewegung zu einer anderen Tür wies, um dann von dort ebenso weitergeleitet zu werden.

So wandelte ich von Raum zu Raum, öffnete verwirrt eine Tür nach der anderen, bis ich endlich dort stand, wo die Zimmerflur ihr Ende gefunden zu haben schien. Kein weiterer Ausgang! Ich war scheinbar am richtigen Platz.

Der Raum war stilgemäss, im Moment konnte ich das erkennen. Renaissancemöbel zierten den Saal, am Boden lag ein herrlicher Perserteppich, der mit dem Vorhang am Fenster in vollster Harmonie der Farben stand. An den Wänden hingen alte, sehr alte Gemälde, wie es sich auf eine tschechische Burg geziemt, mit Themen aus der tschechischen Geschichte. Am antiken, mit Intarsien ausgelegten Schreibtisch, sass ein Herr, der makellos angezogen war und wunderbar aussah. Sein Anzug und Kravatte bildeten ein harmonisches Ganzes.

Die Atmosphäre hier war feierlich und dezent. So stellt man sich, ungefähr, die zum Präsidenten führende Vorhalle vor. Ich hatte irgendwie Zeit das Erhabene hier zu absorbieren und wie in eine andere Welt versetzt, änderte sich auch mein Gemütszustand, stieg meine Ehrfurcht vor dem zu Erwartenden.

Der Mann hinter dem Schreibtisch, der die lebende Würde in der antiken Umgebung darstellen sollte, stand auf, stellte sich vor und vergass nicht auch seinen Titel „Doktor" beizufügen, als wollte er sagen „Meine liebe Dame, hier reden keine Heizer mit Ihnen, Sie sind im Präsidentenpalais". Das Benehmen, die Art seiner Rede und seine Reaktionen schienen das zu beweisen.

Er bot mir einen Stuhl an, auf dem ich Platz nahm, und auf seine aufmunternde Geste begann ich meine Geschichte zu erzählen.

So wurde ich mit einem Schlag in die harte Gegenwart zurückgeholt.

„Vor zwei Jahren hatte man meinen Mann verhaftet. Ich blieb mit drei Kindern allein. Ich weiss, mein Mann ist unschuldig, ich bin überzeugt, ein Fehlgriff ist geschehen, ein schrecklicher Irrtum ist passiert."

Er schlug die Hände auseinander, als wollte er andeuten, er sei machtlos, und ohne auf seine erklärende Worte zu warten, antwortete ich.

„Ich weiss. Nicht hier ist der Ort, wo darüber entschieden wird. Ich kam ja nicht deshalb, um Sie über Schuld oder Unschuld zu überzeugen. Ich kam, um den Herrn Präsidenten meine Schwierigkeiten vorzutragen. Mein Mann ist verhaftet, er wird sich zu verteidigen haben, und ich bin überzeugt, er wird bestehen. Alle Nebenerscheinungen sind jedoch gegen mich und meine Kinder gerichtet, gegen unschuldige Kinder, die die Last der Gegebenheiten nicht erfassen können. Jeder soll sich verantworten, jeden Schuldigen soll sein Los treffen. W i r wurden ja nicht angeklagt, wir wurden nur verfolgt in einer unendlichen Reihe von Missetaten der verantwortlichen Organe.

Vor den Weihnachtsfeiertagen wurde ich aus der Wohnung hinausgesetzt. Aus dem kleinen Zimmer, das ich mit harter Mühe und vielen Opfern gefunden habe und wo ich gerade Platz fand, mein Haupt niederzulegen, sind sie im Begriffe mich hinauszutreiben. Die Behörden zwangen mich den Arbeitsplatz aufzugeben, da ich aus der Stadt abgeschoben werde. Als ich auf dem Land eine Arbeitsmöglichkeit fand, unterband man mir die Aufnahme, denn Abschub heisst nicht Auszug und ich muss in einen mir bestimmten Ort, in eine durch sie bestimmte Arbeit gehen, ich muss ein Sklave auf dem Markt werden, ohne Willen, ohne etwas dreinreden zu können.

Ich will nicht in entlegene Gegenden ziehen, ohne Bekanntenkreis, ohne Menschen auf deren Hilfe ich angewiesen bin. Ich will nicht die mir bestimmte Arbeit, ich will nicht ein Objekt der Unbarmherzigkeit werden. Man kann mich zwar zwingen", da machte ich bewusst eine Pause, ,,aber Zwangsarbeit hat man schon im Mittelalter abgeschafft. Oder?"

,,Wissen Sie, meine Dame", begann der elegant gekleidete Herr, ,,das ist eine sehr schwere Sache. Das geschieht in der Slowakei, und wenn wir uns einmischen wollten, sähen sie das dort drüben nicht gern."

Ich sollte jetzt also auch das Objekt des tschecho-slowakischen nationalen Konfliktes werden! Herrlich ausgedacht! Und als man aus Prag mit einem Sonderauto kam, um meinen Mann zu kindnappen, hatte man sich keine Gedanken darüber gemacht, was wohl die Slowaken sagen werden? Als man die slowakischen Gerichte mit unfähigen tschechischen Richtern bespickte, war man des nationalen Problems nicht bedacht. Jetzt hätte i c h zum tschechoslowakischen Zankapfel werden können.

Was man da alles werden kann, wenn man in Not ist!

,,Ich kam deshalb", setzte ich ruhig fort, ,, um meine Schwierigkeiten dem Herrn Präsidenten vorzutragen. Er ist der Staatspräsident, das Staatsoberhaupt, gleichermassen für die Slowakei und Böhmen, er ist ja der Präsident der Tschechoslowakei.

Seit Januar bin ich ohne Arbeit, ich kann nicht mehr den minimalsten Anforderungen meiner Familie entsprechen."

Ich erzählte, er liess mir freien Lauf, unterbrach mich nicht und ergriff das Wort erst als ich geendet hatte.

,,Es tut mir sehr, sehr leid. Meine Aufgabe ist es, alle Anklagen und Bitten im Namen des Herrn Präsidenten zu übernehmen. Aber auch sein Handlungsbereich ist sehr begrenzt. Ich will Ihnen selbstverständlich helfen", warf er mir einen Hoffnungsstrahl entgegen, ,,ich weiss nur noch nicht w i e."

Und nach einer kurzen Denkpause fügte er hinzu, ,,Ich werde mir von den zuständigen Organen die Sache vorlegen lassen und um Erklärungen bitten. Wie weit mir der Zutritt zu den Quellen ermöglicht wird, kann ich nicht wissen, denn das Handeln liegt in ihrer Hand. Eines kann ich für Sie bestimmt tun. Ich werde veranlassen, dass Sie soziale Unterstützung bekommen." Ich erhob mich.

„Danke", antwortete ich sehr kühl. „Ich denke jedoch, Sie hätten mich falsch verstanden. Ich kam nicht, um zu betteln. Ich kam, mein Recht auf Arbeit zu verteidigen, auf freie Arbeit, die jedem vom Grundgesetz der Republik gesichert erscheint. Ich bitte um keine Unterstützung, ich will keine, ich will arbeiten und ehrlich meine Kinder ernähren. Ich bettelte nicht im kapitalistischen Regime, nicht im Nazismus, ich will auch keine Almosen im Sozialismus. D a s habe ich noch nicht erlernt!"

Mit Händedruck verabschiedeten wir uns. Der Herr stand auf, begleitete mich durch all die Räume, führte mich durch unzählige Türen zum Ausgang. Er fragte mich, wohin ich gehen wolle, ob ich wisse, mit welcher Strassenbahn ich in die Stadt gelangen könne und erklärte mir, wo die nächste Haltestelle sei.

Alles schien mir wie ein Traum zu sein. Wieviel Traum und wieviel Wirklichkeit steckt darin, was ist davon Erziehung, was Ehrlichkeit?

Ich kannte die slowakische Mentalität, die in ihrer robusten Art die wahren Gedanken durchblicken lässt. Dort wusste ich, was ich von den Menschen erwarten konnte. Doch diese ausgebügelte Höflichkeit war schwer zu durchdringen, sie war neu für mich, ich kannte mich nicht aus. Zweifel ergriffen mich.

Ich wurde hier nicht Genossin genannt, eine Dame war ich gewesen, ich hörte nicht das Duzen des pressburger Heizers, Dichtung und Wahrheit standen hier so eng miteinander verknüpft, dass Dichtung zur Wahrheit, Wahrheit zur Dichtung werden konnte.

Auch der Aussenposten sagte mir nicht Genossin. Hier nahm man sich sicherlich die Episode vom Wenzelsplatz zu Herzen, die im Lande kolportiert wurde.

Ein besoffener Geselle trat zu einer Prostituierten, die auf der Strasse auf ihr Geschäft gewartet hatte. „Genossin, Sie sind eine Hure?" „Gestatten Sie, was für eine Genossin bin ich für Sie, mein Herr?"

Ich nahm den gleichen Weg zurück, denn zu leicht könnte die Flut der Höfe zum Irrgarten des Suchenden werden.

Nach dem Gespräch hatte für mich die Pracht des Hradschin andere Dimensionen angenommen, die Burg hatte den bitteren Beigeschmack von vorher verloren, die Gebäude waren höher, majestätisch auf mich herabblickend, erhaben und kühl.

Berta erwartete mich beim Ausgangstor, durchnässt und halb verfroren.

XXXIX.

Meinen Aufenthalt in Prag hatte ich mir um einen Tag verlängert. Ich wollte nicht zurückfahren ohne in des Löwen Höhle, beim Staatssicherheitsdienst, gewesen zu sein.

Den nächsten Tag, morgens, nach einer halbdurchschlafenen oder halbdurchwachten Nacht, als meine Gedanken dem Schlaf nicht den Platz räumen wollten, nahm ich ein heisses Bad und bereitete mich auf den Kreuzweg vor.

Es gelang mir, Berta zu überzeugen, dass es überflüssig sei, mich zu begleiten, denn der Weg auf die Bartholomäusstrasse sei mir allzugut bekannt. Doch sie unterliess es nicht, mich wenigstens mit Ratschlägen auszustatten. Sie bat, mich ja nicht aufzuregen, denn ich müsse mir dessen bewusst sein, dass ein Erfolg fast ausgeschlossen sei. Das hiess jedoch nicht, dass ich es nicht versuchen sollte. Gott behüte! Das wollte sie nicht sagen. Nichts zu unternehmen ist ärger als abgewiesen zu werden. Ich möge nur gehen, doch bloss meiner Ruhe wegen, und so hätte ich es auch aufzufassen. Sonst wäre die Entäuschung viel zu gross.

Mit dieser natürlichen Logik, die vom menschlichen Feingefühl genährt wurde, sollte ich gegen allen Unbill gewappnet sein.

Ich machte aus den mitgebrachten Süssigkeiten ein Päckchen, um es dort für meinen Mann zu hinterlassen. Ich tat es schon einige Male, auch zu Weihnachten schickte ich per Post ein Paket. Es kam nicht zurück, es erreichte auch nicht meinen Mann. Aber ich wollte es nochmals versuchen, und wenn es den Adressaten doch erreicht?

So begab ich mich an jenem Märztag auf den Weg, in die geheimnisvolle Burg des Gefängnisses, wo mein Mann nicht sass.

Im Land gingen verschiedenen Gerüchte umher. Manche Häftlinge wurden sogar aus dem Gefängnis entlassen, manche wieder anstatt ihnen in die Zellen geschickt. Wer hinein, wer hinaus, das war das Spiel des Zufalls. Es war gar keine Möglichkeit vorauszusagen oder zu wissen, wen was treffen werde. Nicht der kam ins Rampenlicht, der gegen das Gesetz gehandelt hatte, der sich Taten zuschulden kommen liess, die das Gesetz verbot, der aus dem Rahmen der Gesellschaft tanzen wollte, nicht der, der ein Verbrecher war, sondern ausschliesslich jener, der zu einem solchen gestempelt werden sollte.

Wer hineinkam, war mir klar, wen man jedoch hinausliess, **darauf blieb die Antwort aus.**

Der Minister für Sicherheitswesen entliess persönlich einige Häftlinge, unter ihnen auch meinen guten Bekannten, den früheren Bürgermeister von Bratislava, Kurtak. Er lud alle in sein Büro ein, bewirtete sie sogar wie ein Gastgeber und liess sie gehen. Aber warum gerade sie? Es wusste niemand, auch sie selbst nicht.

Ich kam zum Haupteingang auf der Bartholomäusstrasse. Ich meldete mich beim diensthabenden Polizisten, das Päckchen fest in meinen Händen. Mein Ansuchen in der Abteilung „XC" empfangen zu werden, hatte ihn überrascht.

„Wo haben Sie diese Nummer her?", stiess er barsch hervor.

„Schon zwei Jahre sind es her, dass ich auf diese Adresse schreibe, so dachte ich mir, dass ich hier auch die richtige Information bekommen könnte."

Er machte schon Andeutungen, die mir sagen sollten „vergebens, mein Vögelchen, hier wirst Du nicht vorgelassen", doch ich kam ihm vor mit der Bitte: „Schicken Sie mich nicht weg ohne einen Besuch beim Referenten. Ich komme von weitem, liess drei Kinder zu Hause, meine Kräfte gehen zu Ende und ich kann nicht unverrichteter Dinge den Ort verlassen."

Und er telephonierte.

Die Zeit ist unendlich und auch die Teilzeiten aus der sie besteht. Minuten des Wartens kriechen so unheimlich langsam, wenn man auf eine Entscheidung wartet, wenn man in einem seelischen Zustand der Unruhe ist. Die Zeit stumpft nicht die Gefühle ab, die in ständige Erregung gebracht, sie gibt ihnen neue Impulse, die von Erwartung und Vorstellung genährt werden.

Wo sind deine Anweisungen, Bertelein, wo ist die Wirkung deiner gut gemeinten Worte, wenn Angst den Kehlkopf verschnürt, ein Krampf die Eingeweide erfasst, das Blut in den Schläfen trommelt? Wie könntest du mich denn auch verstehen ohne die unendlichen Momente mitzutun, wenn es ums Sein oder Nichtsein geht? Schwer für jemanden zu verstehen, vor dem die Türen der Organe noch nicht verrammt waren und der die Sturheit der Obrigkeit nicht zu durchbrechen suchte.

Der Polizist, heute hier in der Rolle eines Wächters, telephonierte und ich stand im Hausflur. Ein anderes Telephon klingelte und nach einer Weile wurde ich in einen Warteraum beordert.

Ein Auto blieb vor dem Tor stehen. Junge Menschen sprangen aus dem Wagen, um das Tor zu öffnen. Ein vermummtes

Auto fuhr vor. Durch's Fensterchen sah ich ein reges Treiben, Menschen liefen geschäftig herum, gaben einander Zeichen, doch das geheimnisvolle Auto blieb dann meinem Blick entzogen. Erst als eine völlige Ruhe wieder hergestellt war, wurde ich in den Hausflur hinausgelassen.

Der Polizist schickte mich plötzlich in den zweiten Stock. Auf meine überraschte Frage nach der Türnummer oder nach dem Namen, bei dem ich mich zu melden hätte, wurde mir geantwortet: „Gehen Sie nur, das ist schon in Ordnung."

Unsicher kroch ich die Treppen empor und als ich mich dem zweiten Stock näherte, wartete auf mich ein junger Mann, der mich begrüsste.

Bitte Frau Zitnan, kommen Sie nur weiter!"

Er sprach, als ob wir schon alte Bekannte, ja sogar die besten Freunde wären.

Gehört denn auch das zu diesem makabren Spiel, dacht' ich mir, als er mich durch einen langen Korridor in ein Büro führte, die die genaue Kopie des Raumes war, in dem man mich seinerzeit verhörte.

Abermals liess ich mich auf den Stuhl, in der Mitte des Zimmers nieder und mein Spielpartner hatte mich mit einem breiten Lächeln gefragt, was mich denn hierher führe.

Eine liebe und gescheite Frage, nicht wahr?

„Vor zwei Jahren hatte man meinen Mann verhaftet", begann ich, „ und ausser einigen kurzen Briefen, ist mir nichts über sein Schicksal bekannt. Ich blieb ohne Mittel mit drei Kindern, und es ist sehr, sehr schwer ohne Vater zu sein."

Meine Stimme klang ruhig und bedacht. Ich wunderte mich selbst, wie ich, bei meinem Seelenzustand, einen so vernünftig ruhigen Ton ansetzen konnte.

„Ich würde Sie bitten, mir etwas zu sagen, vielleicht sogar etwas Positives. Uns ist es sehr bange um den Vater. Vielleicht gibt es einen Hoffnungsstrahl, mit dem Sie mich ermuntern könnten, denn mit der Hoffnung lebt man leichter, auch wenn die Lage noch so schwer ist. Denn was die Schuld betrifft", ich machte eine Pause und setzte wieder mein Lächeln auf, „da bin ich sicher, dass alles geklärt wird, in unserem Sinn, da bin ich mir dessen sicher. Mir geht es jetzt darum, dass wir irgendwie die Zeit, die Ungewissheit überleben und ich bitte Sie, uns darin zu unterstützen."

Und ich wartete auf seine Reaktion.

Meine Überraschung war gross. Der Referent, oder wie sich diese Leute nannten, veränderte seine Miene nicht, auch als ich sagte, ich sei von der Unschuld meines Mannes überzeugt. Er begann auch nicht zu schreien, wie es bei ihnen in solchen Fällen üblich ist.

„Was glauben Sie, unser Staat, unsere Partei sperrt Unschuldige ein?"

Sein freundliches Gehabe änderte sich auch dann nicht, als er mir antwortete, auf mein Ansuchen eingehend.

„Ich kann Ihnen leider nichts Positives, aber auch nichts Negatives sagen. Ich kann Ihnen nur versichern, dass die Sache Ihres Mannes in absehbarer Zeit verhandelt werden wird. Ich weiss nicht, mit welchem Effekt, aber, dass wir den Fall dem Gericht weiterleiten werden, das kann ich Ihnen versprechen. Wir bekamen den Befehl, alle Sachen, die älter als zwei Jahre sind, zu liquidieren oder sie ans Gericht weiterzuleiten."

Unverständlich, dass er mir das überhaupt sagte. Das an sich war schon ein Einbruch ins verzauberte Schloss der schweigsamen Bösewichte.

„Ich danke", hatte ich ohne besondere Entzückung gesagt. „Das ist doch wenigstens eine Hoffnung. Und wenn das Gericht gerecht sein wird, hab ich mich schon worauf zu freuen."

Abermals gar keine Reaktion, abermals blieb der Wutanfall aus.

„Haben Sie persönlich irgendwelche Schwierigkeiten, kann ich Ihnen in etwas behilflich sein?", fragte er mich, noch immer mit freundlicher Stimme.

„Persönliche Schwierigkeiten? Ja, wenn Sie ein wenig Geduld haben, um mich anzuhören, so will ich's Ihnen gerne erzählen."

Ich atmete tief durch und begann mit gefasster Stimme, mein Klagelied vorzutragen. Ich kannte es auswendig, setzte die Betonung immer an derselben Stelle an, sogar die eingesetzten Pausen waren stets zwischen denselben Gedanken und Sätzen zu finden.

„Es tut mir leid, es tut mir wirklich leid, das alles zu hören, ich kann Ihnen aber hier nicht helfen. Der Staatssicherheitsdienst hat ein Büro, wo man Klagen entgegennimmt und dort tragen Sie Ihr Ansuchen vor."

Er begleitete mich zur Ausgangstür und erklärte mir, wie ich in dieses bestimmte Büro gelangen könne.

„Wissen Sie wo das ist „Pod Kastany" (Unter den Kastanien)? Sie fahren mit der Strassenbahn Nummer 19 von hier bis zur ersten Haltestelle auf dieser Strasse und..."

Er war kein Referent mehr, er war ein Prager, den die Frage nach einer Strasse in Extase versetzte. Er gab mir eine ausführliche Erklärung über den Weg und erst als ich ihm sagte, ich wisse schon, wo das zu finden sei, entliess er mich - mit dem Päckchen in der Hand.

Die Sachen meinem Mann zu schicken, bekam ich keine Erlaubnis. Scheinbar war er kein guter Knabe für sie.

Ich ging zum nächsten Postbüro, um das Päckchen auf meine Adresse zu schicken und lief in die Kastanienallee 19, Interventionsabteilung des Staatssicherheitsdienstes.

XXXX.

Ein herrliches Villenviertel. Verstohlen bewunderte ich das Gebäude der amerikanischen Botschaft und tat dabei uninteressiert, um den neugierigen Augen, die ums Gebäude herumlungerten, nicht aufzufallen.

Ich ging durch eine herrliche Strasse, die auf beiden Seiten mit Kastanienbäumen geziert war und deren breite Kronen einen besonderen Lichteffekt hervorriefen. Die Strasse war der Bäume, die Bäume der Strasse würdig.

Eine der schönen alten Villen trug die Nummer 19, und ich fand für mich keine kabalistische Erklärung ob das eine Glücksnummer sei oder nicht. Während ich nach dem Eingang spähte, entdeckte ich hinter dem Tor einen uniformierten Polizisten. Da war ich „zuhause", wusste ich. Wo uniformierte Polizisten sitzen, dort ist mein Eingangstor, dort hab ich meinen Platz gemietet, dort bin ich bodenständig.

Brr, welch ein eckelhaftes Gefühl!

Ich trat in das Gebäude des Staatssicherheitsdienstes ein, einst das Heim des Prager Gestapo.

In einer angenehm geheizten Halle, in der, wo noch vor sieben Jahren meine Vorgänger ihren Kreuzweg zur GESTAPO machten, sass ich in einem bequemen Stuhl, eine Bäuerin in weiten Röcken mir gegenüber. Sie begann mit mir ein Gespräch in einem Ton, der dem Weinen nahe war.

„Wissen Sie, meine Liebe, ich komme aus...", ich kann mich noch heute nicht auf den Ortsnamen erinnern, den sie nannte. Nach den ersten Worten wusste ich jedoch, dass sie aus der Ostslowakei war.

„Mein Sohn hat sich diesen verschrieben, diesen, na, Sie wissen ja."

Ich wusste nicht und hatte keine Ahnung, ob sie die westlichen Imperialisten oder den Staatssicherheitsdienst meinte. Da ich jedoch nicht mit ihr reden wollte, fragte ich nicht. Was nützten mir auch ihre Erklärungen!

„Vergebens warnte ich ihn", fuhr sie fort, „doch er wollte nicht zuhause bleiben, um für das Haus zu sorgen, und jetzt hat er's. Die Schwiegertochter ist mit den Kindern bei mir, und ihn hat man verurteilt."

Mein Diskussionsbeitrag erschöpfte sich in den Worten „aha", „ja" und „hm".

Doch sie fügte noch vollständigkeitshalber hinzu, falls man ihr hier nicht helfen werde, so möge man sie zusammen mit dem Sohn hinrichten.

Ich war viel zu müde, um an ernste Probleme zu denken, ich dachte nicht einmal mehr daran, was ich in den kommenden Minuten sagen würde.

Die Referenten gingen ein und aus, aus den in den Wänden eingebauten Mikrophonen klangen schöne Weisen, angenehm und leise, und meine Gedanken wanderten umher.

Einst las ich in einem Buch, in dem man über ähnliche Lautsprecher als Abhörapparate sprach, und ich zerbrach mir den Kopf, ob diese hier von der GESTAPO oder von den neuen Herren einmontiert worden waren.

Ein Referent ging an mir vorüber und es schien mir, dass er einem, der bei uns die Hausdurchsuchung gemacht hatte, auffallend ähnlich sah. Was ist denn daran Besonderes? Sie sahen sich irgendwie alle gleich, sie hatten denselben Gang, ihr Auftreten war unverkennbar und ihr Gesicht trug sogar dieselben Züge.

Langsam verging die Zeit. Ich sass schon eine Stunde dort, vielleicht auch länger. Die Bäuerin erhob sich und verschwand, kam dann wieder zurück.

Und ich dachte, in meine Gedanken vertieft, was ich nicht schon alles erlebt hätte und was aus mir nun würde! Ich hatte Angst vor einer Bäuerin, die neben mir sass und ihren Sohn, den man hinrichten wollte, beweinte. Ich dachte an die Zeit zurück, als ich noch in der Klinik gearbeitet hatte, noch in meiner Wohnung wohnte und ein interessantes Erlebnis hatte.

Eines Tages machte Professor Beseda, Abteilungschef an der Klinik, wo ich gearbeitet hatte, die Tür auf und sagte mir: „Zwei Herren suchen Sie."

Eine Weile sass ich fassungslos da. Auch Besedas Gesicht schien betrübt zu sein, als er mir die Nachricht brachte, und die Tatsache, dass er sofort die Tür schloss, schien nichts Gutes zu verheissen.

Ich erhob mich langsam vom Stuhl, ging zum Leiter des Laboratoriums und sagte ihm leise ins Ohr: „Zwei Herren suchen mich, ich weiss nicht, was das bedeutet. Meine Erfahrungen sind nicht die Besten. Ich bitte Sie, Herr Bors, wenn da etwas geschehen sollte", dabei hob ich meine Schultern und machte eine Bewegung, die Ungewissheit und Frage zugleich bedeuten sollte, „wenn also etwas geschehen sollte, so... Die Kinder sind im Kindergarten, um drei Uhr müssen sie abgeholt werden, wenn ich bis dahin nicht zurück bin, rufen Sie, bitte, meinen Bruder im Spital an. Ja?"

Ich verliess das Laboratorium und durch die Tür spürte ich die unsicheren Blicke meiner Kollegen, die inzwischen gehört hatten, was sich da abzuspielen drohte.

Draussen im Wartezimmer sassen zwei Lackel, eine Kopie jener, die ständig um mich herumwirbelten, die Hände tief in den Manteltaschen vergraben, als wären sie auf einen Angriff vorbereitet. Wie auf ein Kommando standen beide auf und ich hörte, wie durch einen Nebelschleier nur:

„Frau Zitnan?"

„Ja."

„Meine Frau hat Zwillinge zur Welt gebracht", begann der eine unverhofft, „und ich will einen Kinderwagen für Zwillinge kaufen. Im Geschäft bekamen wir Ihre Adresse, Sie hätten angeblich einen zu verkaufen."

Ich schluckte einmal und zu meiner eigenen Überraschung antwortete ich normal. Wir haben das Geschäft abgeschlossen, sie kauften, gingen, und ich kehrte auf meinen Platz zuruck.

Alle Blicke waren neugierig auf mich gerichtet und sie schienen alle die gleiche Frage zu stellen.

Was wollten sie?

„Den Kinderwagen kaufen", brach nach einer Pause aus mir heraus.

Bors liess einen schrecklichen Fluch hören und die übrigen blieben nicht hinter ihm zurück.

Nach einer Weile wurde ich wieder hinausgerufen und mit der Frage „Was wollten die Bullen von Dir?", warf sich mir meine Freundin Magda entgegen.

„Wieso weisst Du, dass das Bullen waren?"

„Ich weiss es, ich kenne sie. Sie waren immer die Begleiter eines bekannten Bonzen. Ich erkannte sie noch, als sie beim Tor eintraten und spitzte meine Ohren, um zu hören, worüber sie mit dem Pförtner sprachen. Deinen Namen hörte ich klar. Ich versteckte mich, setzte mich im Garten auf eine Bank und wartete. Was will man wieder von dieser Person? Ich wusste nur, ich müsste etwas unternehmen, wenn sie Dich abführen, nicht für Dich, das wäre ein Blödsinn, für die Kinder."

„Was wollten, was wollten sie?"

„Den Kinderwagen kaufen", antwortete ich apatisch.

Magda begann laut zu heulen. Ihre Nerven liessen nach. Meine durften es nicht.

Nun sass ich in diese Gedanken versunken, ich war wie versteinert, auch meine Füsse waren wie aus Stein, und auch mein Mitgefühl mit der Bäuerin, deren Sohn man vielleicht schon hängte, schien versteinert zu sein.

Ich hörte meinen Namen.

XXXXI.

Die Reise von Prag nach Bratislava dauert sieben Stunden. Nach dreitägiger Abwesenheit dachte ich nur daran, so schnell wie möglich daheim zu sein bei den Kindern und sie wohlbehalten und gesund vorzufinden.

Für die Reise kaufte ich mir das „Rude Pravo" und ausnahmsweise las ich auch den Leitartikel. Ich hasste die Leitartikel, die mit Gewalt zusammengepferchten politischen Phrasen waren mir zuwider. Ausnahmsweise las ich ihn bis zum Schluss und ich erfuhr, wie unsere „Partei" den Feind entdeckte, der verpuppt in führenden Funktionen sass, sich in die Leitung unserer Partei einschlich, um unser Streben zunichte zu machen, um unsere sozialistische Gesellschaft in die Gewässer des feindlichen Kapitalismus, Imperialismus und deutschen Revanchismus zu führen. Unsere Partei werde jetzt die Kontrolle von unten einführen, damit das Volk mit Hilfe seiner Nationalausschüsse seine Aufsicht auch über die höchsten Spitzen unserer Gesellschaft habe. Eine Reorganisation in diesem Sinn sei eben im Gange.

Auf dem Bahnhof in Bratislava wurde ich von meinem Bruder und seiner Frau erwartet. Ich erschrak. Was war geschehen? Das ist ja ungewohnt! Die Kinder?

Beide setzten ihr schönstes Lächeln auf, um meinen erwarteten Schrecken zu dämpfen. Aus der Ferne winkten sie mir zu und schrien fast - auf Uninteressierte musste die Szene komisch gewirkt haben - „Zuhause ist alles in Ordnung. Wir haben eine gute Nachricht für Dich. Man sucht Dich vom Innenkommissariat."

Sie suchten mich, und das sollte eine gute Nachricht sein?

Sie suchten mich bei allen meinen Bekannten und überall betonten sie, ich müsse keine Angst haben. Vorsichtshalber betonten sie, die Nachricht sei nicht schlecht, aber auch nicht übertrieben gut.

Was sollte das bedeuten? Ich spekulierte über das Rätsel. Was war das: Es war nicht schlecht, aber auch nicht übertrieben gut?! Was erwartete mich?

In diesem Land waren Wunder an der Tagesordnung, leider zu oft gegen die Gesellschaft, die Summe von Menschen, die sie bildeten, gerichtet. Es schien oft, dass auch das Unmögliche möglich war. Man konnte, so wie ich, in den Wirbel der Ereignisse geraten, ohne etwas dazu beigetragen zu haben. Ich war immer apolitisch gewesen. Ich hatte meine Meinung über Politik und bis heute hat sich an dieser Vorstellung nichts geändert. Meine Wertung blieb für immer die, die durch Goethes „Faust" in die Geschichte eingegangen ist.

Ich wollte immer nur Mutter sein, Gattin, Frau und nichts anderes. Nie wollte ich der Mann am richtigen Platz sein, nie wollte ich allein mein Schicksal lenken, schon gar nicht das Los anderer. Mein Sehnen war, unter der Obhut meines Mannes zu leben, meines Gatten und Partners, der für mich alle Sorgen übernahm und mich vor der Aussenwelt schützte. Mein kleines Königreich, mein Haus, war meine einzige Sehnsucht.

Doch wohin hatte mich das Schicksal verschlagen?

Die Kinder fand ich in bester Ordnung. Sie freuten sich über die mitgebrachten Geschenke und wir plauderten munter miteinander.

„Ich habe mir die grosse Zehe angeschlagen, Mutti, es hat sehr weh getan, Mami, und Du warst nicht da", klagte Durko mit weinernder Stimme.

„Aber es schmerzt doch nicht mehr, die Wunde ist doch schon verheilt!" Und ich blies auf die angeschlagene Zehe, um auch den imaginären Schmerz wegzupusten.

„Ja, aber Du warst nicht hier, als mir das passierte", und er hatte keinen gehabt, dem er sein Leid klagen konnte und wollte nun das Versäumte nachholen.

Wie gut ist es wieder bei euch zu sein!

Erfüllt von der Freude mit den Kindern zu sein, ihr klingendes Stimmengewirr zu hören, vergass ich den morgigen Tag und schlief sogar, ermüdet und zufrieden ein.

XXXXII.

Abermals stand ich, nach langer Zeit, vor dem Pförtner des Innekommissariats. Ich ergötzte mich an der Oberhand, die ich momentan über diesen Tölpel gewonnen hatte.

„Rufen Sie das Sekretariat an und melden Sie dem Sekretär, dass ich hier sei." Ich sagte das in Ruhe und mit Bestimmtheit.

Er raffte sich nicht zu einem Widerstand auf.

Mit wem Gott ist, mit dem sind alle Heiligen, schien es mir hier und ich hatte den Eindruck, dass neue Winde aus Prag wehten, die sogar den Zerberus aufblicken liessen.

„Ja, Genossin, bitte, Genossin", er kroch aus seinem Käfig, um mich bis zur Tür zu begleiten.

Im Sekretariat erwartete mich der Sekretär und fast hätte er mich umarmt, als er mich erblickte.

„Ich hatte solche Angst, ich würde Sie nicht erreichen. Kommen Sie nur weiter, ich habe Ihnen etwas mitzuteilen."

Er war ein sympathischer Mensch, ein offener Charakter, anständig und sein Aussehen hatte etwas Vertrauenswürdiges an sich.

„Wir bekamem ein Fernschreiben aus dem Innenministerium, dass wir Ihnen in der Sache Ihrer Arbeit an die Hand gehen sollen. Am KNV hab ich das bereits veranlasst, dass sie Ihnen sofort die Bewilligung erteilen, in Modra arbeiten zu können, und dass sie Sie nicht in dieses Loch abschieben, wie sie es beabsichtigt hatten."

„Die haben aber geschaut! Was ist geschehen?"

„Gehen Sie nur ruhig hin, sie warten schon auf Sie. Und wenn etwas nicht in Ordnung ist oder wenn Sie sonst was brauchen, kommen Sie nur ohne Zögern her. Eine Anfrage aus der Kanzlei des Präsidenten ist auch angekommen und eine Anfrage von dort bedeutet immer ihre positive Stellungnahme zum behandelten Problem. Denn, wenn sie an der Sache nicht interessiert sind, werfen sie das Gesuch in den Papierkorb."

Als ich verwundert aufblickte, fuhr er fort.

„Ja, so wird das gemacht, und wir wissen immer, was ihre Stellungnahme bedeutet, ohne dass sie noch etwas beifügen müssten."

„Ja, haben Sie denn an die Präsidentenkanzlei geschrieben?"

„Nein. Ich war dort persönlich, dort und auch im Innenmi-

nisterium, auch an der Bartholomäusgasse, auch Pod Kastany 19 war ich."
Ein Pfiff der Überraschung entschlüpfte seinen geschlossenen Lippen.
„Na und? Wie hat man Sie empfangen?"
„Das Resulatat ist da. Ich ziehe um!"

XXXXIII.

Ich zog um.
Kaum jemand hatte einen solchen Umzug erlebt. Ein kalter Märztag, es schneite und die Strassen waren verweht. Ich hatte ein Lastauto bestellt, lud ausser den Kindern auch einige Habseligkeiten darauf und der Rest, ja der Rest blieb im Garten der Villa, aus der ich ausgesiedelt wurde.

Es waren herrliche Möbel mit Intarsien und hatten unsere Wohnung viele Jahre hindurch geschmückt. Nun fiel der feine Schnee darauf, vernichtete, was noch zu gebrauchen war und so wurde das „Erbe" nach mir zum Zankapfel der Nachbarn.

Wem gehörte nun eigentlich das Holz? Der Hausmeister meinte, es sei sein, denn er hatte bei uns geheizt, sich um den Garten gekümmert. Der Nachbar gründete sein Recht auf die gute Freundschaft mit mir. Ob es vielleicht mir gehörte, daran hatten beide gar nicht gedacht.

Doch weit erhaben über Probleme der verschneiten Möbel, zog ich vier Mann hoch an den Ausläufern der Karpaten vorbei nach Modra, das vor 800 Jahren durch ein königliches Dekret wegen der Weinberge zur Stadt erhoben wurde.

Modra wird auch die Perle der Karpaten genannt. Eine gewisse Patina ist hier erkennbar und auch die Leute tragen irgendwie das majestätische Bewusstsein in sich, dass sie schon vor Jahrhunderten die Träger königlicher Insignien waren.

Die Stadt wurde zum Zentrum des slowakischen Nationalismus, obwohl die Bevölkerung trinational war: Deutsche, Ungarn und Slowaken. Auch kirchlich war die Stadt gespalten in Protestanten und Katholiken, doch Mischehen waren an der Tagesordnung. Alle einigte der Wein, der völkerverbindend wirkte. Ja, im Moment gerade, da man ihm huldigte. Und da „in vino veritas", waren auch Unstimmigkeiten an der Tagesordnung, die abermals im Keller bereinigt wurden.

Und so war der Wein hier das Allverbindende und zugleich

Trennende und er hob die Bevölkerung auf einen höheren Lebensstandard, nicht nur finanziell, sondern auch moralisch. Ist das etwa ein Widerspruch in sich? Nein. Die Tatsachen bewiesen die Richtigkeit der Behauptung.

Um dieser Stadt das ihr gebührende Lob zu zollen, will ich auf die weise Rede eines Winzers hinweisen, der angeblich in den letzten Stunden seines Lebens seinem Sohn ein Geheimnis verriet.

„Denke daran, mein Sohn, dass Wein auch aus Reben gemacht wird!"

Auf dem Hauptplatz steht die Statue des slowakischen Kulturheros Ludevit Stur, dessen ausgestreckte Hand dem Bildhauer zu gross ausfiel und nicht mehr repariert werden konnte. Warum, das weiss ich bis heute nicht.

Auf diesen Stur sollte ich aus meinem neuen Heim täglich hinunterblicken und mein Schicksal in seine grosse, ausgestreckte Hand legen.

Glücklich - wie wenig oder wie viel braucht ein Mensch, um glücklich zu sein - fuhr ich hin, doch voller Angst, was die Zukunft noch bringen würde, in Gedanken, ob die Hausherren ihre Meinung nicht geändert hatten und die Tür vor mir vielleicht verschliessen würden. Die Menschenseele ist ja in ihrer Tiefe unerforschlich.

Doch glücklich die Stunde, zu der ich Modra betrat!

Die Ämter zerrten auch weiterhin an meinen Nerven, als ob das für sie die höchste Wonne wäre.

Doch die Menschen, die Hausherren, die Nachbarn und alle anderen waren für mich leibhaftige Engel. Tagelang hätte ich darüber Märchen erzählen können, denn wie ein Märchen erschien es mir.

Nie litten meine Kinder Hunger, nie war ihnen kalt, ob ich bei ihnen war oder mich auf meinen häufigen Reisen nach Bratislava befand, immer sassen sie am vollen Tisch der Nachbarin, die allen Kindern, ihren und meinen, grosse Brotschnitte mit Fett bestrichen oder heisse Suppe austeilte. Sie eroberten den ganzen Hof, sie regierten dort und ergötzten sich an ihrer Freiheit.

Anfangs schauten sie erschrocken auf, als ich für einen Tag wegfuhr, doch dann bemerkten sie meine Abwesenheit kaum, die der Lage gewisser Hoffnungen entsprechend, häufiger war.

Ich wollte immer auf dem Laufenden sein, und damit ich keine Gelegenheit ausser acht liess, haschte ich nach jeder Neuigkeit. Und es gab ihrer viele. Es ereignete sich so manches, ein-

schlägige Nachrichten hörte man am laufenden Band.
Man verhaftete nicht mehr Unschuldige, ach welch wonniges, für mich wehmütiges Gefühl! Kaum zu fassen, dass jemand, der sich nichts zuschulden kommen liess, nicht ins Gefängnis wanderte. Das war ja eine wahre Revolution! Man entliess sogar Leute aus dem Gefängnis und ihre Auswahl erfolgte auf mir, und wahrscheinlich auch ihnen, unbekannte Weise. Es ging weder nach Geschlecht noch nach Religion, Nationalität, Staatsbürgerschaft, Stand, Klasse, auch nicht nach der Schuhgrösse oder Haarfarbe. Irgendwie wurde die Auswahl getroffen.
Es gab doch eine sozialistische Legalität, nicht?!
Es schien mir, dass die ganze Struktur der Gewalt ins Wanken geriet und unsere Hoffnung war, dass es hier nicht nur um Gleichgewichtsstörungen ging, sondern um eine Umstellung von Grund auf.
Oh, wie herrlich war doch Stalins Tod.

XXXXIV.

Dan war der Mann in der Familie, er war sechs Jahre alt. Mit ihm konnte ich mich beraten, ihm konnte ich mein Herz ausschütten, zu ihm, als meinem Beschützer emporschauen, aber die Möbel musste ich allein hin und herschieben, dazu war er noch viel zu klein. Ich scheuerte den Fussboden, legte die Teppiche und hängte den Kronleuchter auf, ich hatte das Rohr in den Ofen eingesetzt, Kohle beschafft, auf einem Wägelchen in den Hof befördert, ich hatte Kleinholz gemacht, Wasser in die Wohnung hinaufgetragen und alles in beste Ordnung gebracht. Und als ich feststellte, dass man sich bei mir schon heimisch fühlen könne und ich bereits eine Atmosphäre der Wärme geschaffen hatte, ging ich mit dem Dekret zum Nationalrat, glücklich und reich, denn ich ging mich zur Arbeit melden.
War das nicht herrlich?
Man schickte mich zum ONV (der Bezirksnationalrat) nach Pezinok, dort hätte ich mich zu melden. Das kannte ich, dort war ich doch schon gewesen. Wo war ich noch nicht? War das nicht herrlich, dass ich nur nach Pezinok, nur sieben Kilometer weit, fahren musste?
Genosse Kadermann nahm das Dekret in die Hand, er las es - fürwahr, er las ziemlich rasch - und bedächtig sagte er:

„Na, Genossin, Du weisst ja (als ob ich alles wissen musste), wir reorganisieren jetzt. In unsere Partei haben sich dunkle Elemente eingeschlichen, um unsere Partei von innen zu untergraben. Jetzt haben die Genossen von oben aus ihren Fehlern gelernt und uns die ganze Verantwortung übertragen."
Pause.
„Und wir, Genossin, wir müssen behutsam sein, das ist eine grosse Verantwortung, Genossin, Du verstehst doch! Wir sind jetzt mehr, als die dort oben", sagte er fast drohend, „auf uns schaut man mehr und mit grösserem Vertrauen, denn das Volk ist der Träger der Macht und wir sind dem Volk am nächsten, im täglichen Leben sind wir mit ihm im Kontakt. Uns kann nun niemand mehr Befehle erteilen, von keiner Stelle aus, denn auf uns liegt die Verantwortung. Nimm dein schönes Dekret zurück."
Und er schob das Papier in meine Hand.
„Wir werden darüber selbst entscheiden!"
Ich war schockiert. Was sollte ich sagen?
„I h r habt ja ursprünglich „Ja" gesagt, und Eure Zusage nur auf Eingriffe von oben zurückgezogen, wie Sie sich gewiss erinnern können, Genosse Kadermann, oder nicht?"
„Erinnern her, erinnern hin, jetzt muss der Rat des ONV selbst entscheiden."
Der Rat des ONV. Ja, du hast eigentlich recht! Der Rat, ja, der Rat hat noch nicht in meiner Sache getagt. Alle haben schon ihren Beschluss gefasst, aber der Rat, ja, der Rat hat wirklich noch nichts beschlossen. Und wie kommt der arme Rat dazu, dass gerade er an mir still vorbeigehen soll? Du hast vollständig recht, lieber genosse Kaderreferent!"
Doch ich war mir meiner Sache schon so sicher gewesen, dass mich die Erklärung völlig überrannte. Na gut, sollten sie entscheiden. Und es fiel mir eine Geschichte ein, die sich einmal in der Strassenbahn zugetragen hatte.
Der Wagen war voll, der Schaffner liess keinen mehr einsteigen. Ein Passagier zog an der Glocke und rief mit lauter Stimme „fertig". Der Schaffner sprang erzürnt auf den Fahrgast zu und schrie: „Was ist fertig, wo ist fertig, wenn ich sag fertig, dann ist fertig. Fertig!", und zog an der Glocke.
Ich fuhr also nachhause, um dort auf die Entscheidung zu warten. Ja, zu warten. Aber wovon sollte ich leben? Wovon inzwischen Nahrung kaufen, womit die elektrische Uhr, die man mir soeben montieren, bezahlen, wovon sollte ich denn alles bestreiten?"

So begann ich wieder den Ämtern die Türen einzurennen. War den die Welt ganz verrückt geworden? Es gelang mir, ein grösseres Darlehen zu erwerben. Es kam, wie vom Himmel gefallen. Ich schwor mir hoch und heilig, diesen Betrag wie meinen Augapfel zu hüten, nichts zu vergeuden, mit dem Geld sorgfältig umzugehen, nur das Nötigste zu erwerben, die Ausgaben für die Einrichtung zu decken und dann mit dem Bleistift in der Hand zu wirtschaften.

So dachte ich. Doch es kam anders.

An jenem unglücklichen Maitag, als das Militär Städte besetzte und das Finanzministerium verkündete, dass das Geld eingewechselt werde, kam ich um mein ganzes Geld, denn 1:50 war der Wechselkurs gewesen. Eine neue Krone für fünfzig alte. Ein Schock bemächtigte sich aller. Die Menschen verloren ihre Ersparnisse und auch das letzte Gehalt wurde vor dem Austausch ausbezahlt, um Beamte und A r b e i t e r um die Früchte ihrer Arbeit zu bringen. Mein Hausherr hatte vor einigen Tagen sein Auto verkauft, er hatte kein Geld und kein Auto mehr, Menschen die im guten Glauben Häuser verkauften, blieben mittellos. Leer war der Tisch aller geworden und meiner ist leer geblieben. Ohne Übergang, plötzlich, wie wenn eine Bombe einschlägt, wurde alles genommen, auch der Verdienst für die letzte aus der Zeche geförderte Kohle, ging in Staub auf.

Vor einigen Tagen noch hatten Regierung und Partei mit vollem Maul geschrien, dass die westlichen Imperialisten diese Lügen über einen Umtausch des Geldes verbreiteten, um Unsicherheit hervorzurufen und einen Keil zwischen Partei und Volk zu treiben. ,,Unsere Valuta ist fest, garantiert durch die Arbeit und Produktion der arbeitenden Klasse, die in ewiger Freundschaft an der Seite unseres grossen Bruders und Helfers, der Sowjetunion, schreitet. Das arbeitende Volk steht fest hinter der Regierung und es lässt sich nicht durch die Lügenpropaganda der Feinde des Sozialismus aus der Ruhe bringen und irreführen. Die Sache des Sozialismus wird siegen, es lebe die ewige Freundschaft mit der UdSSR."

Die, die glaubten, zahlten drauf.

Auch hier erwies sich Churchill als Prophet, als er sagte:

,,Der Kapitalismus hat einen grossen Nachteil, er verteilt die Güter ungleichmässig, der Sozialismus verteilt die Armut gleichmässig.

XXXXV.

Ich beschloss, zu meinem letzten Trumpf zu greifen.
Die Kinder sauber angezogen, setzten wir uns in den Bus und fuhren nach Pezinok. Am ONV suchte ich den Vorsitzenden des Rates, einen einstigen Kohlenträger, einen einfachen, doch feinfühligen Menschen.

„Der Genosse ist besetzt, es sind hier Genossen aus Bratislava und sie haben eine Besprechung", war die erste Information, die ich erhielt.

Genossen her, Genossen hin, ich wartete. Ich setzte mich auf eine Bank im Foyer und die Kinder gut angezogen, schön ruhig neben mir. Können aber Kinder lange in Ruhe sitzen?

Es begann ein Herumlaufen, sie spielten Versteck, einer rutschte plötzlich auf dem glatten Fussboden aus und begann schrecklich zu weinen. Diesmal blieb ich ungerührt auf meinem Platz. M i c h hat das Geschrei nicht gestört.

Abwechselnd guckten aus den Türen verschiedene Köpfe heraus, Frauen, Männer, alles Beamte, die in ihrer Musse nicht gestört werden wollten.

„Bringen Sie die Kinder weg, das geht doch nicht. In einem Amt sich so zu benehmen!?"

„Es tut mir wirklich leid", erklärte ich mit der zärtlichsten Stimme, „aber ich warte auf den Herrn Vorsitzenden des Rates, es tut mir wirklich leid, aber ich muss mit ihm sprechen."

„Der Genosse Vorsitzende hat eine Besprechung."

„Ja, ich weiss, aber auch die Besprechung wird ihr Ende finden, und ich muss h e u t e mit ihm sprechen."

„Warum, um Gottes Willen, heute?"

„Weil morgen Sonntag ist, und ich habe nichts, was ich den Kindern zu essen geben könnte. Darum heute und nicht an einem anderen Tag!"

Das erklärte ich so entschieden, dass jeder Widerspruch ausgeschaltet wurde.

Und die Kinder liefen hin und her, dann rutschten sie, wie auf einer Eisbahn, dann wollten sie essen, dann weinten sie, und ich sass und wartete auf den Genossen, der beschäftigt war.

Um ein Uhr mittags war die Besprechung aus. In Scharen verliessen die Herren den Sitzungssaal. Sie redeten, die Wangen rot, glühend vom guten Modrawein, sie waren laut und lustig, als ob eine so ernste Sitzung ein Kabarett gewesen wäre. Endlich erschien in der Tür auch der so sehr beschäftigte Gastgeber, der Vorsitzende des ONV und stand da, als wollte er den Raum, voller Rauch und Weindämpfe, mit seinem Körper schützen.

„Genossin, heute wird das nicht mehr gehen, ich meine, der Empfang bei mir, es ist schon zu spät, ich habe nicht mehr viel Zeit übrig."

Als ob er dem Blitz in meinen Augen gewichen wäre, öffnete er den Spalt zwischen dem Türpfosten und seiner Männerbrust, und ich ging hinein, an ihm vorbei, meine drei Söhne hinter mir. Es fehlte noch der Gladiatorenmarsch, denn wir waren eine kämpferische Schar, die keinen Widerstand zu dulden schien.

Ich blieb mittendrin stehen und die Kinder hielten sich an meinem Rock fest. Ihrem Heldentum waren doch Grenzen gezogen.

„Genosse Vorsitzender! Ihr habt im Rat beschlossen, dass ich Modra verlassen müsse. Ich kam, um Sie zu bitten, das zu tun, aber sofort. Sie können mich abschieben, aufs Auto laden, wegführen, aber diesmal allein, ohne meine Mithilfe. Ich rühre mich nicht vom Fleck, ich kann nicht mehr, ich will nicht mehr, ich habe keine Kraft nach eurer Verfolgungsmelodie zu tanzen. Der ganze Prozess liegt in Ihren Händen und Sie müssen die Rolle ohne meine Mitwirkung zu Ende spielen."

Ich sprach ruhig ohne Leidenschaft und es fielen mir die Worte Martin Luthers ein, als er verurteilt werden sollte: „Hier stehe ich, ich kann nicht anders, Gott helfe mir, Amen."

„Ich wartete auf Sie, denn morgen ist Sonntag und meine Kinder haben nichts zu beissen. Ich habe nichts und will mir auch nirgends etwas ausleihen."

„Ich kann Dir etwas borgen, Genossin", sagte er verlegen, „wieviel brauchst Du, Du kannst die Kinder ja nicht hungern lassen!"

Mitleid, Anständigkeit oder bloss weinbedingte Rührung sprach aus ihm, ich konnte das nicht beurteilen, denn ich kannte ihn nicht gut genug.

„Arbeiten will ich, verstehen Sie, arbeiten. Nicht betteln kam ich, auch borgen will ich mir nichts mehr, was ich nicht zurückzahlen könnte."

XXXXVI.

Ich bekam den Arbeitsplatz und begann zu arbeiten. Nach langen Monaten eines unglaublichen Kampfes und erschreckender Unsicherheit, kam mir hier die Obrigkeit „wohlwollend" entgegen.

In der gegebenen Situation war die Arbeit meine einzige Zufluchtsstätte. Doch was anderen zum Nutzen, wurde mir zum Schaden. Unerträglich schienen mir die Feiertage, auf die sich ein jeder so sehr freute, unvorstellbar drückend die langen, doch leeren Winterabende.

Immer wieder kehrte ich in Gedanken in die ferne Vergangenheit zurück, auch dann, wenn ich mich mit alltäglichen Dingen beschäftigen wollte. Es liegt im Wesen des Menschen, seine Gedanken sehr weit zurückzutreiben, um das Böse zu meiden. Doch mir wurde, auch in dieser Sphäre meiner Gedankenwelt, das Gute nicht in die Wiege gelegt, denn ich kehrte dorthin zurück, wo man als Kind Zuflucht gesucht hatte. Jetzt, ohne Mann, fehlte mir meine Mutter so sehr.

Bei ihr machten meine Gedanken halt, nicht bei ihrem zufriedenem Leben in der Heimat. Nein. Gerade die letzten Etappen ihres Lebens, die ich mit ihr nicht mitgemacht hatte, drängten sich in den Vordergrund und ich liess mir Stunde für Stunde den Film ihrer letzten Jahre abrollen, als ob ich finden wollte, dass das Wahre nicht wahr war.

Es war wahr.

XXXXVII.

Irgendwie dachte ich mir, dass mein ganzes Unglück an jenem unseligen 7. Februar 1945 begann, als ich persönlich schon von den Kriegsleiden befreit zu sein schien. An diesem Tag fiel meine Mutter in die Hände der Deutschen, nachdem sie sich volle sechs Monate vor ihnen verbergen konnte.

Die letzten zwei deutschen Soldaten, die die Gegend, in der sich meine Mutter mit meinem Vater und Bruder aufhielten, „durchkämmten", sahen in einem Dorf am Waldabhang des Inowrzergebirges eine Frau, die auffallend gierig eine warme Suppe ass und jüdisch aussah. Es waren die letzten zwei deutschen Soldaten, die hier im Begriffe waren, sich zurückzuziehen. Sie waren weder SS oder SA, noch GESTAPO, sondern ganz gewöhnliche Soldaten der Wehrmacht.

Was sie sahen, genügte, um ein Todesurteil zu fällen.

Man fand meine Mutter hinter dem Bauernhaus von tapferen deutschen Soldaten ermordet.

Über eine Mutter kann man nicht nur nachdenken, man muss über sie auch sprechen, man muss ihr ein ewiges Denkmal errichten. Man kann es nicht nur in Gedanken, denn die gehen davon und enden mit dem Träger. Man kann es im Weitererzählen, im Übertragen auf andere, aber auch das ist zeitbedingt. Ich will hier wenigstens die letzte Etappe ihres Lebens in Wort und Schrift erfassen, um so jene Gedanken festzuhalten, die in der Zeit meiner Not und Einsamkeit meinen Sinn verwirrten.

Der „Slowakische Aufstand" gegen die Deutschen brach aus. Aus dem Arbeitslager in Sered flüchtete jeder wie er nur konnte, um aus dem Käfig, dessen Tore abermals geschlossen werden konnten, zu entkommen.

Auch meine Familie zog aus. Die Mutter eine Federdecke, mein Bruder den Vater auf dem Rücken tragend, drängten sich in den überfüllten Zug, der sie heimbringen sollte. Der ganze Weg war von Partisanen besetzt, so dass es ihnen gelang, Banovce, unsere Heimatstadt zu erreichen.

Doch der Aufstand misslang und meine Familie begab sich auf den Weg des ewigen Juden. Sie wanderte durch Berge und Täler, durch Fluss und Wald weiter, immer weiter, immer weiter, weg von den nahenden deutschen Truppen.

Die Jugend begab sich in die Reihen der Partisanen und zog mit dem Gewehr in die Wälder. Mein Bruder war statt mit einem Karabiner mit dem gelähmten Vater auf dem Rücken bewaffnet.

Die Deutschen durchkämmten das Gebiet, Schritt für Schritt, um das Häuflein unbewaffneter, hilfloser, kopflos fliehender Menschen, Greise, Frauen, Kinder, mit Hilfe besonderer Kampfeinheiten und dressierter Hunde zu erwischen.

Je höher man stieg, desto schwerer wurde die Bewegungsfreiheit und Verpflegung war fast unmöglich. Jeder Versuch, ein Dorf zu besuchen, um Brot zu besorgen, war lebensgefährlich und viele der Dorfbewohner wurden zu Hyänen. Sie hatten kein Vertrauen ins Geld, und wenn man mit ihnen doch irgendwie in Kontakt kam, verkauften sie Nahrungsmittel nur für Gold.

Hunger war die Folge.

Die Deutschen setzten ihren Vormarsch fort und jeden, den sie fanden, betrachteten sie entweder als Partisanen oder Juden. Sie schossen. Oft auf Leute, die „normale" Menschen waren, keine Freiheitskämpfer, keine Juden. Sie schossen, und erst nachher stellten sie Überlegungen an.

Die Mutter mit der Federdecke, der Bruder mit dem gelähmten Vater auf dem Rücken. Sie stiegen vom Dorf auf den Berg hinauf, hinein in den dichten Wald. Dort hob mein Bruder ein Loch aus, es wurde Bunker genannt, und diente als Versteck und Lagerraum für meine Familie.

Der Winter war ausserordentlich streng und Schnee fiel in ungeheuren Mengen. Jede Bewegung schien unmöglich zu sein. Die tägliche Nahrungsquote, eine getrocknete Pflaume, ein Würfel Zucker und ein ebenso grosses Stücklein Speck verliehen keine Kräfte. Die Bewegungsfreiheit war auch noch von der Angst gebannt, im tiefen Schnee keine Spuren zu hinterlassen.

Am 21. November 1944 kam es zum Generalangriff. Die Deutschen griffen von allen Seiten an. Eine allgemeine Konfusion war die Folge. Wer Glück hatte, entkam, wer nicht, fiel in die Hände der Deutschen. Als meine Eltern ein Dorf durchqueren wollten, hatte sich mein gelähmter Vater bei einem Sturz noch das Bein gebrochen. Mein Bruder versuchte, ihn in einem Bauernhaus unterzubringen. Sie gingen von Haus zu Haus, doch niemand fand sich bereit, diesem geplagten Menschen seine rettende Hand zu reichen.

Sie konnten nicht weiter. Sie legten ihn in letzter Minute in einem Hinterhof nieder, flohen über den Zaun, versteckten sich im nahen Wald, und ohne laut zu atmen oder sich zu rühren, überlebten sie die Gefahr.

Als sie bei Nacht den Vater suchen gingen, fanden sie ihn nicht mehr vor. Die Deutschen hatten ihn weggeschleppt, sie führten ihn ins Lager Sered zurück.

Dort starb er kurz darauf, meinen Trauschein in seiner Tasche.

Die Mutter kehrte mit meinem Bruder in den Wald zurück, sie hoben ein neues Loch aus und machten es zu ihrem Hauptquartier.

Unendliche Tage, unendliche Nächte. Leute zogen hin und her, jeder versuchte auf einen anderen Platz zu gelangen. Die Deutschen hoben jeden Tag irgendeinen Bunker aus und erschossen die Insassen. Sie arbeiteten sehr gründlich. Der jüdische Friedhof in Banovce ist der beste Beweis dafür.

Nicht Zahlen sind es, die dort liegen, tote Menschen in Massengräbern klagen an. **Das sind keine Zahlen, das ist eine** schreckliche Bilanz der Moral jener Zeit.

Der Bunker, in dem meine Mutter und mein Bruder sassen, stand unter Wasser, sie mussten ausziehen und einen neuen graben. Mein Bruder ging an die Arbeit, die Mutter schlich ins Dorf, um eine Hacke zu holen, denn der Boden war noch hartgefroren.

Und das war ihr letzter Weg gewesen.

Ich kannte die Schuldigen nicht, ich wusste nicht, wie sie hiessen, vielleicht Seppel oder Meyer, vielleicht hatten sie sogar eine Mutter daheim. Ich weiss nur, es waren Soldaten der Wehrmacht, die an jenem Februar 1945 in ein Haus eintraten, wo eine Frau sass und warme Suppe schlürfte. Meine Mutter.

Die Hacke brachte sie nicht, doch mit ihr wurde i h r Bunker gegraben. Der sicherste Bunker der Welt.

Ungelöst bleibt die Frage nach den Motiven dieser Greueltat, unerforscht das Gefühlsleben dieser Menschen, ungeklärt ihr Aufenthalt und ihr weiteres Leben. Unbeantwortet bleiben auch alle Fragen, die sich in mir auftürmten, um sie einmal meiner Mutter vorzulegen und ungehört meine Klagen in meinen schweren Zeiten der Einsamkeit. Nur der Besuch des Grabes stand mir offen. Zum Grab kann man sprechen, man kann ihm sein Leid ausschütten, doch ein Grab hört nicht, antwortet nicht. Es ist stumm, wie ein Grab.

Eine Leere blieb in mir, der Leerraum wurde immer weiter, in Freuden, als ich die Kinder zur Welt brachte, in Leiden, die zu meinen Begleitern wurden.

XXXXVIII.

In letzter Zeit war ich abermals ständig auf Achse. Eine anhaltende Unruhe erfasste mich. In Modra wollte ich in Bratislava sein, von dort lief ich rasch nachhause zu den Kindern zurück. Ich fuhr hin und her, denn jeden Tag geschah etwas, was für mich von Interesse sein konnte. Ich musste laufend informiert sein, und das konnte ich nicht in diesem Dorf, auch wenn es vor 800 Jahren zur königlichen Stadt erhoben worden war.

Es ereignete sich so manches. Nach Stalin starb Gottwald, nach ihm kam Zapotocky. Man sprach, dass er viel liberaler sei, dass er sogar sein menschliches Antlitz bewahrt hatte. Ja, er ordnete die Entlassung einiger seiner ehemaligen Freunde aus dem Gefängnis an.

Es kam zum grossen „Zionistischen Prozess", mit rein jüdischen Angeklagten, die manchmal ganz willkürlich miteinander in Verbindung gebracht wurden. Der Staatssicherheitsdienst lud auch die Gattinen zum Schauprozess ein. Ich war nicht unter ihnen, trotzdem alle, die vor Gericht gestellt wurden, am selben Tag, wie mein Mann, verhaftet worden waren.

Die Urteile waren ungemein hart, zehn bis zwanzig Jahre Gefängnis.

Warum haben sie mich nicht verständigt? Was soll das denn schon wieder bedeuten?

Ich lief zu einer der Frauen, um zu erfahren, ob sie meinen Mann nicht gesehen habe, ob er nicht als Zeuge auftrat oder ob sie wenigstens seinen Namen nicht gehört hatte.

„Nein, ich sah ihn nicht, aber sei froh, der Prozess war schrecklich. Unsere Männer kamen, eine Reihe gebrochener Schatten zog an uns vorbei. Wir standen abseits, umringt von Geheimdienstlern. Als ich meinen Erwin mit gebeugtem Rücken gehen sah, rief ich instinktiv: „Erwin, richte Dich auf!". Im selben Moment bekam ich einen Schlag in den Rücken und ich hörte den Befehl, der uns allen gegeben wurde.

„Mit dem Gesicht zur Wand! Rührt euch nicht!"

„Als wir in den Gerichtssaal treten sollten, stiessen sie uns wie Tiere. Nein, Lydka. Geh nur schön nachhause und sei froh, dass weder Dein Mann noch Du dem grausigen Theater beigewohnt hast."

Ich wusste nicht, was ich davon halten sollte. Doch h e u t e , glaube ich schon. Ihr Mann sass zwölf Jahre.

Damals war ich verzweifelt, ich hörte und wusste nichts über meinen Mann. Der Winter nahte, ich sass hier in einer schrecklichen finanziellen Lage und die Tatsache, dass man viele vor ein Gericht stellte, und mit meinem Mann nichts geschah, was ich gewusst hätte, brachte mich an den Rand der Verzweiflung.

Meine Nervosität übertrug ich auf meine Kinder und sie taten mir leid, wenn ich sie ungerecht behandelt hatte. Der für alles Verantwortliche war Dan, der „Grosse", und er musste alles auslöffeln, auch für die Kleinen. Gar oft geschah es, dass er bei meinem Annäherungsversuch seine Hand instinktiv in Abwehr erhob, denn er wusste nie, was meine Nähe bedeuten könnte. Schockiert war ich über mich selbst.

Als einmal ein schreckliches Gewitter losbrach, Blitz und Donner den Raum erfüllten, liefen die Kleinen zu Dan, zum

Grossen, sechsjährigen Jungen, suchten bei i h m Zuflucht, und er nahm sie, beide umarmend in seine Obhut. E r beschützte sie, nicht ich. Ich stand dabei, Leid und Schmerz brachen mir fast das Herz.

XXXXIX.

Es kam zum Prozess mit dem gewesenen Innenkommisssar Okali. Er war der frühere Chef meines Mannes.

Ich fuhr nach Bratislava zu meinem Freund Steiner, ich suchte ihn in der Kanzlei der Rechtsanwaltskooperative auf. Es gab nämlich keinen Privatadvokaten. Sie alle waren vereinigt in Kooperativen und bekamen fixes Gehalt.

Er sass in einem grossen Gebäude, mitten in der Stadt.

Auf einem langen Korridor sah man Türen zu Büroräumen der einzelnen Advokaten, wo sie manchmal auch paarweise sassen. Draussen stand eine Schar wartender Mandanten. Ich hatte mich zu ihnen gesellt, im dunklen Vorzimmer im fünften Stock.

Kaum hatte ich einige Momente gewartet, öffnete sich eine Tür und aus ihr stürmte ein guter Bekannter heraus, der Nachbar von Didus. Ich stellte mich ihm in den Weg, mit einer Frage in den Augen. Er warf mich fast um und rief mir nur zu: „Janko ist zuhause!"

Ich lief ihm nach und erreichte ihn beim Aufzug, zu meinem Glück, denn sonst wäre ich die fünf Stock zu Fuss gerannt. Und ich trippelte hinter ihm her, die Strassen entlang bis zu Didus.

Janko war daheim. Freigelassen, ohne Prozess, ohne Urteil, genauso wie man ihn einst verhaftet hatte. Ohne Entschuldigung, ohne Erklärung, man öffnete die Tore, und er konnte gehen.

Wer hat zu dieser Zeit schon um Erklärungen gebeten? Wer hat denn je eine Erklärung bekommen? Und gab's den überhaupt etwas zu erklären? Unrecht und böser Wille herrschten unbeschränkt und unbarmherzig. Das war die einzige Erklärung und das wussten wir alle.

War das aber nun interessant? Er war zuhause und das war die Hauptsache. Freunde kamen herbeigelaufen und alle Gesichter leuchteten auf, alle weinten vor Freude.

· Ich hielt mich nicht lange auf. Ich ging. Nicht als ob ich den Moment nicht ertragen konnte, Gott bewahre! Ihre Freude war auch die meine. Doch meine Gegenwart störte die anderen, meine Person wirkte dämpfend auf den Freudentaumel. Und ich hatte kein Recht dazu ihre Freude zu stören. Ich selbst war doch ein Häufchen Trauer im Kontrast zu dem Jubel, der mich hier umgab.

Ich begann ein wenig über die jüdische Freude oder über Freuden der Juden nachzusinnen. Es ist gut, wenn man Gedanken in abstrakte Bereiche abreagiert und ich dachte darüber nach, ob je eine jüdische Freude vollständig gewesen ist oder von Dauer war.

Als der Krieg zu Ende ging, hatten wir jeden Grund erfreut zu sein und uns glücklich zu preisen. Das Kriegsende glich genau dem, worum wir gebeten und gebetet hatten. Hitler war tot, die Nazis zerschlagen und wir waren wieder freie und gleichberechtigte Bürger. Wir standen nicht ausserhalb der Gesetze, wir waren keine Opfertiere mehr für die unzufriedenen Massen.

O sancta simplicitas! Wie kurz sollte diese Freude währen. Der Jud, einst als Kommunist beschimpft, wurde jetzt als Kapitalist diskreditiert, die übrigen Beinamen - Händler, Betrüger, Wucherer, Saboteur, Deserteur und Duckmäuser - blieben die gleichen, nur die Bezeichnung des Trägers hatte sich geändert. Wer einst Jude war, wurde nun zum Zionisten!

Es wurde mir klar, dass man unter dem Deckmantel die Menschlichkeit zu retten, Massenmorde an jüdischen Kindern, Müttern, Greisen beging. Unter dieser Verschleierung trieb man Millionen Menschen in den Tod, massakrierte wehrlose Völker. Unter dem Deckmantel, den Kommunismus zu retten, henkte man die treusten Söhne der Ideologie, als Zionisten bezeichnet, da sie Juden waren.

Wird die Menschheit einmal einen Ausweg aus diesem schrecklichen Chaos finden? Oder sollen auch weitere Generationen den verschiedenen Deformationen der menschlichen Beziehungen zum Opfer fallen?

Und es wurde mir bewusst, dass das jüdische Volk nicht mehr ein Spielball der Geschichte werden dürfte, es müsste den geraden Weg eines freien Volkes im freien Land gehen. Das jüdische Volk durfte nicht mehr der Träger irgendeiner Ideenwelt unter anderen Völkern sein, es musste seine Gedanken im eigenen Heim durchzusetzten versuchen.

Und diese Gedanken waren das Opium meiner Tage. Der Gedanke eines freien Staates, der schon existierte, der gebaut wurde, das wurde zum Balsam meines Lebens. Ich blickte auf die Sterne, die auch im Lande des verdammten Volkes glitzerten und meine Sehnsucht wuchs nach diesem Land, wo ich endlich einmal nicht ausserhalb der Reihe stehen würde. Hier hoffte ich dann, jedem Unrecht trotzen zu können.

Diese Überzeugung hat mir sehr geholfen. Ich befand mich in einem Zustand, in dem ich mich erhaben fühlte über das Unrecht, das mir widerfuhr. Ich hatte oft die Umgebung mit Verachtung bedacht, ja, sie tat mir sogar manchmal leid. Ich sah, dass die Menschen ein Instrument des Bösen waren, sie waren in seinen Händen, das Böse disponierte mit ihnen, regierte sie und schrieb ihnen ihren Weg vor. Und ich, die Betroffene, blieb rein. Ich war nicht geeignet, ein Instrument zu sein, deshalb wurde ich zum Opfer auserkoren.

Das war meine Gedankenwelt, die mir Trost für die Zukunft spenden konnte. Nur mit ihr, auch wenn nicht von ihr, konnte man leben.

L.

Der Winter stand vor der Tür. Es fehlten mir Heizmaterial und Mittel, um die wichtigsten Vorräte zu besorgen. Das erste Mal hatte ich mich entschlossen, die Verwandten meines Mannes im Ausland um Hilfe zu bitten. Ich schrieb ihnen die Wahrheit. Dillsauce aus Pflanzen, die die Kinder auf den Wiesen gesammelt hatten, war das Sonntagsessen.

Sie antworteten prompt und schickten mir Geld.

In dieser Zeit gab es ein Geschäft, DAREX genannt, in dem man für westliche Valuta sehr vorteilhaft einkaufen konnte. Wenn man Dollars in der Bank wechselte, bekam man sieben Kronen, in Darex-Bons war der umgerechnete Wert 40 Kronen. Für 100 Dollar, die ich überwiesen bekam, dachte ich Sachen im Werte von 4000 Kronen einzukaufen. Das war für mich ein unglaubliches Vermögen.

Das Geld kam und DAREX wurde geschlossen. Das Geld konnte nunmehr nur in der Bank eingewechselt werden. Ich kam um mein ganzes Vermögen. Abermals hat mich der Staat bestohlen.

Doch in der Luft spürte man das Ozon gewisser Veränderungen. Der Besuch Bulganins und Chruschtschows in England blieb nicht ohne Nachklang, auch in den sozialistischen Ländern. Die Tschechoslowakei hinkte jedoch nach. Es gab aber Prozesse, bei denen schon viel niedrigere Strafen auferlegt wurden. Man entliess manchmal Leute aus dem Gefängnis, was auch für mich ein gewisser Hoffnungsstrahl zu sein schien. Eine folternde Ungewissheit, eine marternde Hoffnung. Jede Woche fuhr ich nach Bratislava, besuchte Ämter und Gerichte. Mein Mann kam in keinem Prozess vor. Nichteinmal, als man seinen früheren Chef, den Innenkommissär vor Gericht stellte, mit dem er eng zusammengearbeitet hatte. Nirgends fand ich seinen Namen, und ich wusste nicht, was das zu bedeuten hatte. Meine Unruhe wuchs von Tag zu Tag, und je mehr Ereignissen ich gegenüberstand, um so stumpfer und inhaltsloser wurde mein Denken.

An einem Sonntag fuhr ich nicht nach Bratislava, denn ich war schon im Laufe der Woche dort gewesen. Ich erwartete Besuch. Meine Kusine Eva.

Sie kam nicht allein, sie war in Begleitung meines Bruders. Dieser setzte wie immer ein breites Lächeln auf, um seine Erregung zu dämpfen und mich zu beruhigen, da er so plötzlich hereingeschneit kam. Er war ein schlechter Schauspieler, und ich merkte sofort, etwas Besonderes war vorgefallen. Die Folge war, dass ich erregt auf eine Erklärung wartete.

,,Abends telephonierte mir Jano, ich möge auf einen Sprung zu ihm kommen", begann mein Bruder zu erzählen.

,,Ich wartete nicht auf den nächsten Tag und lief sofort zu ihm. Er empfing mich mit einer langen Einleitung, bis er endlich sagte, dass er heimlich in Erfahrung gebracht habe, dass mein Schwager, also Dein Mann, auf der Liste der Insassen des Gefängnisses in Bratislava sei." Ich schrie auf, in hysterischer Freude und jubelte. Das war ein gutes Zeichen, das war ausgezeichnet. Endlich tat sich etwas.

,,Ich sehe keinen Grund für eine übermässige Freude", klang die ,,beruhigende" Feststellung Janos. ,,Alle die kamen, warten auf den Prozess und wir wollen nur hoffen, dass das Urteil nicht hart sein wird", dämpfte er die übermässige Freude, er der immer ernste, pessimistische Realist.

,,Was heisst das, nicht hart? Wieviel ist das?" drängte ich.

,,Ich weiss nicht, aber ich will hoffen, es wird zwischen fünf und zehn Jahren liegen."

Das waren die milden Urteile.

,,Ich habe keine Möglichkeit, Ihre Schwester zu benachrichtigen, sorgen Sie bitte selbst dafür, dass sie das erfährt. Überbringen Sie ihr die Botschaft an meiner Stelle. Denken Sie jedoch daran, dass jede Freude vorzeitig ist und ich wünschte es nicht, dass sie in übermässigen Illusionen lebt. Sie wissen doch, wie

das ist. Eine neue Enttäuschung ist kein Leckerbissen."
Also das war der Grund des Besuches meines Bruders und sein Lächeln, die Widerspiegelung seiner äussersten Erregung.
Als wir schon am Tisch sassen, brach es plötzlich aus meinem Bruder heraus:
"Laci ist nicht nur auf der Liste, er ist bereits in Bratislava."
"Er wurde schon überführt? Also tut sich doch etwas", sagte ich mit ruhiger Stimme. Nur rote Flecken im Gesicht und am Hals, die ich sich nacheinander entzünden spürte, verrieten den hohen Grad meiner Erregung.
Mein Bruder schaute mich an, Tränen in den Augen.
"Ich war hysterisch, als ich das hörte, aber Jano hat mich beruhigt und sagte, es werde noch ein Prozess sein und das Urteil kann, na, Du weisst ja, verschieden ausgehen."
"Du warst hysterisch und hattest Angst, dass auch ich ähnlich reagieren werde... nicht?"
Er nickte zustimmend mit dem Kopf.
"Morgen fahre ich nach Bratislava, und ich werde sehen, was zu erfahren ist. J e t z t weiss ich endlich, wo er ist!"
Mein Bruder wollte mich von der Reise zurückhalten, denn Jano meinte, es habe keinen Sinn. Was zu erfahren sei, werde er ja eher ergründen können. Er habe ja auch diese Nachricht allein herausbekommen.
Mit einer energischen Handbewegung stoppte ich ihn.
"Morgen fahre ich nach Bratislava."

LI.

Auf dem Weg nach Bratislava hatte ich meine Gedanken geordnet und über das, was zu tun war, entschieden. Der Fragen Fülle sammelte sich doch in meinem Kopf an. Was werd' ich sagen? Wie werde ich das sagen? Worauf hab' ich die Betonung zu setzen? Was muss ich aus meinem Text auslassen? Jedes Wort, jede Minute kann fatal sein, und da ging es nun doch um einen hohen Einsatz.

Ein Jahr, zwei Jahre, wie leicht ist das gesagt. Jeder Tag, jede Nacht, die eine Frau allein zu Bett geht, ist bitter. Jedes zu lösende Problem, jede Sekunde erhöht die Spannung.

Ein Jahr, zwei Jahre, fünf oder zehn Jahre! Ohne mit der Wimper zu zucken, brachten die Genossen die härtesten Urteile und hatten Schicksale des Menschen und ganzer Familien bestimmt. Und was konnte ich dagegen tun?

Ich musste alles versuchen. Ich konnte Erfolg haben oder unverrichteter Dinge abgewiesen werden.

Gehen oder nicht gehen? Nicht gehen ist sicher kein Erfolg, dessen war ich mir voll bewusst.

In Bratislava besuchte ich diesmal niemand, ich wollte sobald als möglich zurückfahren. Ich ging spornstreichs zu Prokuratur.

Das Gericht, Justizpalais genannt, war einst das monumentalste Gebäude der Stadt. Die Foyers wimmelten von Menschen. Ein geschäftiges Getue erfüllte die Korridore. Es gab sogar lächelnde Menschen, vielleicht geschiedene Ehepaare. Was wussten die von der Ehe? Die meisten schauten angeregt drein. War denn auch bei ihnen soviel im Spiel oder schauten alle Menschen im Gerichtsgebäude gleich aus? Aber was ging mich das an, ich bin ja voll meiner eigenen Sorgen und Probleme.

Es war ein Empfangstag. Ich meldete mich beim Prokurator zum Empfang.

Ich wurde von einem hohen, sehnigen, gut aussehenden Mann empfangen. Seine Ruhe schuf eine angenehme Atmosphäre um ihn her.

Meine Geschichte fand einen neuen Zuhörer.

„Ich hörte, mein Mann wurde aus Prag ins hiesige Gefängnis überführt, ich habe Angst um ihn, ich habe Angst um das Los meiner Kinder. Es fällt mir sehr schwer, sie allein zu erziehen. Meine Zwillinge waren zweieinhalb Jahre alt, als man ihnen den Vater enführte, sie erinnern sich nicht mehr an ihn, sie wissen überhaupt nicht, wie er aussieht."

Der Prokurator sass da und blickte in die Ferne. Sah er mich denn, hörte er mir überhaupt zu? Er hörte sehr oft solche Geschichten, konnte er sie überhaupt fassen, fühlte er etwas dabei?

Doch ich fuhr fort.

„Unlängst fragten die Kinder, ob der Vater ein Flugzeug machen kann, ob er gross ist, ob er wohl in unserem Zimmer Platz haben werde. Ja, die Kinder wissen gar nicht, was ein Vater ist!"

Sind denn diese meine Reden überhaupt von Belang, besonders im Arbeitsraum eines Prokurators des sozialistischen Gerichtswesens?

Plötzlich horchte er auf. Er tat, als ob er mich erst jetzt erblickt hätte. Er bot mir einen Stuhl an.

Ich setzte mich ohne mein trauriges Lied unterbrochen zu haben.

Der Prokurator stellte meine Platte ab.

„Wissen Sie, Genossin", begann er, „ich kenne die Akten nicht, ich kenne den Fall nicht, es ist eine neue Sache, ich kann Ihnen nichts sagen. Aber ich verspreche Ihnen", und er machte eine Bewegung, als ob er aus dem Aktenhaufen von unten etwas herausholen wollte, „ich werde die Akte Ihres Gatten herausziehen, sie durchschauen und binnen vier Wochen werde ich in der Sache meritorisch entscheiden. Entweder wird er vor Gericht gestellt, vielleicht verurteilt, oder - wir werden ja sehen."

„Ich danke Ihnen, ich hoffe, es wird eine gerechte Entscheidung. Darauf warte ich schon zweieinhalb Jahre."

Abermals schaute er mich an und, als ob er einer plötzlichen Eingebung folgte, brach aus ihm heraus:

„Sie können um einen Besuch ansuchen, ich werde ihn bewilligen."

Weg war meine Selbstbeherrschung, weg, die selbstgelegten Zügel. Ich dankte, dankte abermals, als wäre ich eine Dankpuppe geworden, und in übersprudelnder Eile, als ob ich Angst hätte, er würde sein Versprechen zurücknehmen, rief ich:

„Wann Sie nur wollen. Sagen Sie, verständigen Sie mich, schreiben Sie, telegraphieren Sie, schicken Sie einen Bekannten, auf meine Kosten, tun Sie, wie Sie wollen, ich komme sofort nach Bratislava."

„Wo wohnen Sie denn?", fragte er verwundert.

„Ich wurde aus Bratislava ausgewiesen und ich wohne in Modra, aber das macht nichts aus, das tut gar nichts, ich komme, wann immer Sie mich rufen lassen."

Eine Weile schaute er verdutzt drein, sein Blick hellte sich auf, als ob er etwas entdeckt hätte.

„Warum sollten Sie eigentlich hin und herfahren, es ist nicht leicht, drei Kinder allein zu lassen. Wissen Sie was, ich erledige Ihnen den Besuch auf der Stelle", und schon verliess er sein Büro.

Ich wollte heulen, nicht gleich, nicht, o Gott, nicht sofort! Ich musste mich vorbereiten, ich würde nicht wissen, was zu sagen. Ich wurde aus der Fassung gebracht.

Zum Glück ging er hinaus und ich blieb allein. Nur meine innere Stimme klang in Tönen der Ratlosigkeit. Mein Antlitz brannte, Hals und Wangen waren ein einziger roter Fleck. Ich bebte am ganzen Körper, ich zitterte, wie eine eben zersprungene Gitarrensaite.

Zum Glück hat sich dann alles sehr rasch abgespielt. Eine

Frau drückte mir ein Stück Papier in die Hand - die Bewilligung. Nur mit Mühe hielten meine Hände die Erlaubnis fest. Die Frau sah, was in mir vorging, nahm mich beim Arm und führte mich hinaus.

„Gehen Sie nur ruhig zum Tor, ich gehe inzwischen ins Gefängnis, wo ich alles regeln werde. Gehen Sie", drängte sie, als sie sah, dass ich mich nicht vom Fleck rührte, „ich werde dabei sein, haben Sie keine Angst!"

Ich weiss nicht, wie ich ging, wie ich das ganze Gebäude umkreiste. Ich handelte, ohne zu denken. Beim Gefängnistor wartete ich eine Weile. Manchmal genügt ein Moment, um sich zu beruhigen, diesmal war es fehlgeschlagen. Der Moment war heute für mich eine Ewigkeit, unendlich, unvorstellbar war meine Erregung.

Man rief meinen Namen. Ein Mann trat an mich heran und befahl mir, in den Hof zu kommen und in die erste Tür links, dort auf der Treppe, einzutreten.

„Sehen Sie, die Treppen dort?", versicherte er sich noch, ob seine Erklärung genügt hatte.

Ich ging, ich lief zu jener Tür, ich öffnete sie, und ein in Dunkelheit gehüllter Raum umfasste mich. Als sich mein Blick aber ans Dunkel gewöhnte, sah ich ein Gitter, ein Netz, ein Doppelnetz und aus einem, ungefähr einen Meter breiten Raum hörte ich, bei Gott, ich hörte wirklich, ein leises „Mami".

Hinter dem Gitter stand, zwischen einem Uniformierten und der netten Frau von der Prokuratur, mein Mann, mein eigener Mann!

Ich stellte mich ans Gitter.

Ich wusste, der Besuch würde nur einige Minuten dauern, Minuten, die Sekunden waren und mich doch Stunden dünkten. Die verflossenen Jahre sollten in 60, 120 oder 180 Sekunden eingeklemmt, die Ewigkeit in Augenblicke gesteckt, ein Moment in eine Ewigkeit verwandelt werden.

Rasch, sehr rasch musste ich etwas sagen, doch ich fühlte eine lähmende Schwere auf der Zunge, hörte das donnernde Geräusch meines tobenden Herzens.

Ich konnte nicht sprechen.

So standen wir da, blickten uns an, mein Mann sagte wieder „Mami", und ich stand da, die Kehle vor Leid abgeschnürt.

Um Gottes Willen, warum sprach ich nicht, reden, reden, reden, war ich denn verrückt geworden?

Wie immer ich mich auch bemühte, mir fiel nichts ein. Doch endlich drängte sich mir ein Satz aus dem Mund, und ich hörte

mich sagen „Tati", so nannte ich meinen Mann, „die Kinder erwähnen Dich fortwährend, sie denken ständig an Dich."
Krampfhaft hielt ich mich am Gitter fest.
„Und ich bin nicht rasiert!"
„Was macht das, Tati, Hauptsache, ich seh Dich. Und jetzt wird es wieder gut werden", wagte ich zu sagen.
Ich wurde von dem Uniformierten ermahnt, nur Familienangelegenheiten zu besprechen.
„Aber ich bin nicht rasiert, das stört mich sehr, es kränkt mich, dass Du mich in einem solchen Zustand siehst."
Dann schwiegen wir. Noch einmal erklang es im dunklen Raum „Mami", darauf folgte das Echo „Tati", und der Besuch war aus.
Meinen Mann hatte man abgeführt.
Erst nachher wurde mir klar, dass er in grobe Häftlingskleider gehüllt, und erschreckend fahl gewesen war, dass seine Augen tief eingegraben, im kleinen, abgemagerten Gesicht lagen, dass die Kleider ihm am Leib hingen, und dass er seine geschwollenen Füsse langsam und mühselig nach sich zog.
Abermals stand ich im Hof, der Sonnenschein hatte mich geblendet und ich stand da. Gehen wollte ich, zurückkehren konnte ich nicht.
Plötzlich nahm mich ein Uniformierter bei der Hand und zeigte mit dem Zeigefinger aufs Gefängnis.
„Wen hast Du dort, Genossin?"
„Meinen Mann", stotterte ich verlegen.
Er warf mir einen prüfenden Blick nach, als wollte er sich vergewissern, ob ich für ihn in Frage käme. Ich wusste nicht, wie seine Schätzung ausfiel, doch wie von ferne hörte ich die Mahnung des Wächters.
„Ein anderesmal soll er besser auf sich aufpassen." Dabei wies er mit seinem weisen Haupt aufs Gefängnis.
„Acht geben", klang mir als Echo in den Ohren.
Und ich begann zu rennen, ich lief Amok, hinaus, hinaus, durch's Tor auf die Strasse. Ich lief und lief, als triebe mich jemand, dabei war es die innere Spannung, die meine Füsse in ständig schnellere Bewegungen versetzte.

LII.

„Gott, wie langsam fährt der Bus. Ist der Chauffeur denn verrückt geworden? Er bleibt stehen, er hält an, als ob sich nicht etwas ganz Grosses abgespielt hätte. Was sitzt er so uninteressiert da, als wäre ich nicht bei meinem Mann gewesen! Worüber reden die Leute um mich her? Was, über Kleider sprechen Frauen? Haben sie aber ihren Mann in dickem Tuch gehüllt gesehen?

Fahr rasch, mein Guter, Du weisst, ich renne zu den Kindern, was geht mich dein Fahrplan an?" . . . .

Für gewöhnlich sass ich gerne im Bus. Das war der einzige Ort, wo ich wusste, dass ich eineinhalb Stunden zu sitzen hatte, ohne zu handeln, ohne mich zu beeilen, ohne tätig zu sein. Das war immer die Zeit und die einzige Gelegenheit, wo ich mich in die Obhut anderer begab, die für mich dachten, mir jede Verantwortung abnahmen, aus mir einen gleichberechtigten, sorglosen Menschen machten.

Du guter, blauer Omnibus.

Heut war ich aber böse auf ihn. Er fuhr zu langsam.

Ich verliess ja eben meinen Mann. Ich wollte zurücklaufen, ich fühlte, ich sei da draussen ohne ihn ganz überflüssig. Ich **wäre gern** zu ihm zurückgeflogen, um mich in seinen Schutz zu begeben.

Unendlich sehnte ich mich nach den Kindern, zu denen mich dieser Bus führte, ich sehnte mich nach ihnen, in geteilter Sehnsucht. Ich wollte schon bei ihnen sein, sie in meine Erlebnisse einbeziehen, jemand um mich haben, der mir sehr, sehr nahe stand.

Vier schwere Wochen standen vor mir, Wochen, die die Entscheidung bringen sollten. Es gab jedoch keinen Anhaltspunkt, der meine Gedanken lenken konnte, ich wusste nicht, wie die Wahrscheinlichkeit zu errechnen, wie die Gerichtsentscheidung ausfallen mochte. Wenn eine Straftat vorlag, wüsste ich, dass ein Angeklagter für dieses oder jene Vergehen mit ein, fünf, zehn, zwanzig Jahren bestraft würde. Aber die Gefahr war schrecklich gross, weil gar keine Straftat vorlag, und dafür konnte man auch den „Strick" oder lebenslänglich bekommen!

Die Sache meines Mannes war in den zu erwartenden Folgen unberechenbar, zeitbedingt, von der Laune der Obrigkeit, nicht des Gerichtes, abhängig und stand in engem Zusammenhang mit der innen- und aussenpolitischen Situation. Ein

Schachspiel der Grossen, ohne Würdigung des Menschen.

„Und der Mensch steht am Ende all unseres Strebens", sagte Stalin, sagten seine tschechischen Henker. Und es stimmte auch, denn das Wohl des Menschen stand wirklich ganz, ganz am E n d e des Strebens.

Doch man spürte eine Erleichterung in der Luft. Der 17. September in Ostdeutschland ging nicht klanglos an uns vorbei. In Ungarn holte man sogar, den von den Kommunisten gehängten Rajk aus dem Grab, um ihm ein Staatsbegräbnis zu bereiten.

Ich las Zeitungen und wusste nicht mehr, was abscheulicher war, die Hinrichtungen, die diesem Schauspiel vorangingen oder der Zirkus, der nun den Hinrichtungen folgte.

LIII.

Die Menschheit verlor ihr Gesicht und da die menschliche Gesellschaft aus Individuen besteht, fanden sich immer solche, die diese Behauptung durch ihre Tätigkeit hundertfach unter Beweis stellen wollten. Sie kamen vom Hinter- oder Untergrund, meistens für die unmittelbare Umgebung unbekannt, sie waren hier, bemächtigten sich gewisser Positionen, machten die schmutzigste Arbeit, ob es nun unter dem Faschismus oder Kommunismus war.

Ihr Charakter war jedoch nicht eindeutig und stabil. Sie gingen mit der Zeit und hatten den Vorteil herauszufinden, wie die gegebene Periode gestaltet war und was in ihr zu machen wäre. Sie wussten, die Gegebenheiten zu ihrem Nutzen auszubeuten. Sie fanden auch heraus, wann sie die Methoden und den Inhalt ihrer Arbeit umgestalten sollten, wann zu verschwinden, um dann umgestaltet den neuen Anforderungen und Entwicklungen entsprechend abermals an die Oberfläche zu tauchen. Das ist die Kraft des Einzelnen, den richtigen Moment zu erfassen. Die Gesellschaft hindert sie nicht daran, denn sie muss immer Vollstrecker ihres Strebens haben. Und die Vollstrecker sind jene, die die Eigenschaft besitzen auch Henker zu sein, Henker, zumindest von Strömungen und ihren Trägern, die dem gegebenen Moment nicht entsprechen.

Auch jetzt merkten wir, dass das Wesen der Dinge und die Handhabung der Probleme umgestaltet wurden, was ein Hinweis auf wesentliche Veränderungen sein konnte. Und mit

der Änderung der Ideologie in ihrer Taktik müssen ja einmal auch ihre Träger verschwinden.
Und darauf wartete ich.
Diese kleine, aber doch merkliche Metamorphose, hatte sich auch bei meinem Mann ausgewirkt, wie er mir später erzählte. Nach Stalins Tod waren alle Trabanten unsicher geworden und sie wollten den bevorstehenden Untergang durch neue Behandlungsmethoden aufschieben. So fühlte auch mein Mann diese Änderung ohne zu wissen, worum es ging und nachdem er zweieinhalb Jahre in Einzelhaft gesessen hatte in einer Zelle ohne Tageslicht, ohne auch nur einmal zum Spaziergang auf den Gefängnishof von Ruzyn geführt worden zu sein.

Über die Existenz des Gefängnisses Ruzyn wussten weder die Aussenwelt, noch die Insassen etwas zu berichten. Es war ein verzaubertes Schloss. Es war ein Kerker, der alle Finessen nutzen konnte und von den Nazis begonnen, von den Kommunisten zu völliger Höhe und grausamer Perfektion gebracht wurde. Es gab kein zweites im Lande und vielleicht auch nicht in der ganzen westlichen Welt. Deshalb fühlte ich mich verpflichtet, die Erzählungen meines Mannes hier festzuhalten, gerade zu diesem Problem, das einzige, das ich nicht physisch erlebte.

Dieses Gefängnis verfügte über alle Finessen der modernen Folterkunst. Ich will nicht über die klassischen Foltermethoden berichten, denn sie sind bekannt und über sie hat mir mein Mann auch nichts erzählt.

Er wurde die ganze Zeit in der Zelle gehalten, das elektrische Licht brannte 24 Stunden am Tag. In Leinen gekleidet, die Brust entblösst, strumpflos die Füsse in Pantoffeln, in denen man schwer die vielen Kilometer von Wand zu Wand wandern konnte. Die Kleidung war die gleiche, Sommer oder Winter, ohne Rücksicht auf die herrschende Temperatur. Die Kost war so berechnet, dass man nicht starb und Verbesserungen wurden als Lockmittel für Geständnisse zugesagt. Man verlor vollständig die Menschenwürde, das Essen holte man sich vom Boden mit der Esschale mit aus der Tür ausgestreckten Hand ohne zu sehen, was hinter der Tür vorging. Die Pforte wurde genau einen ,,esschalenbreit" geöffnet. Der Stuhl wurde morgens aus der Wand geklappt, manchmal auch nicht und dadurch war man oft gezwungen, tagelang herumzugehen. Das Bett wurde abends, punkt 10 aus der Wand gezogen, auf den Boden gelassen und wenn es zur Nachtruhe gehen sollte, wurde man zum Verhör geholt. Von dort, nach zwei Stunden zurückgekehrt, legte man sich nieder, um in dem Moment, als man gerade einschlief, abermals zum Verhör geführt zu werden. So ging es zwei bis dreimal in der Nacht. Vom letzten Verhör kam man um 6 Uhr morgens zurück, zu einer Zeit, da man die Betten wieder in die Wand schob. Tagsüber war man ungestört in der Zelle, nur wer für eine Weile seine Augen schloss, was streng bewacht wurde, dem trommelte es an die Tür, dass er vor Schrecken zusammenfuhr. Und so ging es bis zum Abend, um das Spiel von gestern wiederholen zu können - eine Woche lang. So wurde allmählich der Tag zur Nacht, die Nacht zum Tag. Tag und Nacht folgten einander und das Opfer stand in der Ecke. Die Erlösung kam nicht, es kam nur ein neuer, frisch ausgeruhter Referent, der die Henkersrolle übernahm.

Bei Nacht musste man mit dem Gesicht zur Tür gewandt sein, die Hände auf den Decken. Drehte man sich um oder steckte wegen der Kälte die Hände unter die Decke, wurde man aus dem Bett gejagt, um den Rest der Nacht spazierend zu verbringen.

Zum Verhör wurde man mit verbundenen Augen geführt, mit dem Gesicht zur Wand gestellt, auch wenn nur ein anderer Referent den Verhörraum betrat. Man sah die ganze Zeit nur „seinen" Referenten und den diensthabenden Wachmann, wenn man krank war, den Arzt. Denn umkommen wollte man niemand lassen, im Gefängnis nicht. Man musste doch das Gesicht wahren!

Man wurde vollends seiner Persönlichkeit beraubt, es gab gar keine Willensäusserung, man war der Würde eines Tieres gleichgestellt, doch nicht seiner Behandlung.

Und auch hier fühlte mein Mann dann die Änderung.

Aus heiterem Himmel fragte man ihn, ob er Bücher lesen wolle oder einen Zellengenossen bevorzuge. Nach Stalins Tod wurde er in ein „normales" Gefängnis bei St. Pankratius in Prag überführt, wo es genügend zu essen gab, auf den Betten Leintücher waren, wo man sogar täglich auf den Hof spazieren geführt wurde.

In Ruzin war er begraben, noch lebendig von der Welt geschieden, zum langsamen Untergang verurteilt.

Nur das Verschwinden eines Diktators kann die Lage ändern, möge er nun Hitler oder Stalin heissen, mögen sich seine Handlanger Himmler oder Beria nennen, alle mussten sie von der Bildfläche verschwinden, um die Menschheit ein „Wunder der Wandlung" erleben zu lassen.

Wer konnte aber wissen, ob es sich hier um einschneidende Änderungen handelte, deren Ausmass weitgehend oder individuell, von Dauer oder nur kurzlebig sein würde.

Ich ging allen Neuigkeiten nach, mein Geist arbeitete auf vollen Touren.

Es gab keine einheitliche Linie. Leute wurden entlassen, andere zu hohen Strafen verurteilt, beides manchmal am selben Tag. Ja, es kam sogar zu neuen Verhaftungen.

Wirtschaftsprozesse wurden veranstaltet, in denen immer jemand gebrandmarkt wurde, denn der Angeklagte hatte verschuldet, dass durch seine Unachtsamkeit oder Mutwilligkeit Not herrschte, Kohle, Strümpfe, elektrisches Licht, Kartoffeln zur Mangelware wurden. Er war schuld an der Unpünktlichkeit der Züge, an einem Unfall auf der Strasse oder in der Fabrik, an allem war gerade er schuld.

Es waren fast durchwegs unschuldige Menschen, die man, durch die Wirtschaftssorgen aufgescheucht, in den Sumpf der Justiz hineinzog.

Mittendrin sass ich, mein Leben, mein Schicksal, und ich musste warten, vier Wochen lang warten. Ich wartete lange vier Wochen auf die Entscheidung des Prokurators und von Migränen geplagt versank ich manchmal in einen Schlaf, der mich durch seine Alpträume erschreckte. Ich träumte:

In einer dunklen Nacht ging ich auf einer langen Brücke über die Donau. Jedes zweite Brett auf dem Gehsteig fehlte und ich hatte Angst, die Kinder würden durch die Löcher fallen. Unter uns donnerte der reissende Fluss. Das Ufer war weit und ich hatte nicht mehr die Kraft die Kinder zu halten. Ständig entglitt mir etwas, einmal der Boden, einmal die Kinder. Ich fühlte, dass ich das Ufer um jeden Preis rasch erreichen müsse, denn nur so wären wir, die Kinder und ich, gerettet. Doch ich sah nicht das Ufer, es war in Dunkelheit gehüllt. In diesem Angstzustand, bei der fast unmenschlichen Spannung, hörte ich plötzlich die Stimme meines Mannes hinter mir.

„Mutti, geh nur, ich halte schon die Kinder."

Gleich darauf erwachte ich.

Jeder stand mir bei. Von Freunden wurde ich wie ein Kranker behandelt. So zog ich meine Umgebung, gegen meinen Willen, in die Ereignisse mit hinein.

Doch ich war nicht allein. Fast jede Familie war irgendwie betroffen und jeder Betroffene zog eine Kette von Mitleidenden nach sich. Eine ganze Armee waren wir bereits, ein grosser Teil des Volkes, eines unterdrückten Volkes.

„Wie war das möglich, dass ihr keinen Widerstand geleistet hattet, dass ihr euch von den Nazis habt kaltblütig morden, von den Kommunisten zu Tieren erniedrigen lassen?" fragt unsere israelische Jugend.

Wer hat damals schon Widerstand geleistet? Was tat die starke Arbeiterklasse, als man ihren Vätern die spärlichen Felder nahm, was tat die Volksarmee, als man ihr Volk ins Gefängnis warf, wo blieb die Intelligenz, als man Schriftsteller und Politiker hängte, wo waren die Studenten, als man Professoren, Männer der Wissenschaft von ihren Lehrstühlen verdrängte? Was tat man? Und konnte man sich überhaupt wehren? Wie? Ich mit meinen Freunden sicherlich nicht. Wie wehrten sich die Bergleute, als man auch ihren letzten Lohn im Verhältnis 1:50 wechselte? Sie versuchten es. Eines Tages schickten sie von unter Tag auf einen vollen Garbenhunt neunundvierzig leere. Das war alles.

Manchmal erinnert mich diese Art Widerstand an den Braven Soldaten Schwejk.

LIV.

Der Tag kam. Vier Wochen vergingen und ich fuhr nach Bratislava. Ich wollte zum Gericht gehen, um mir die versprochene Antwort zu holen. Es waren ja genau vier Wochen, auf die Minute.

Doch ich konnte nicht. Mir war so übel, so schrecklich übel, gerade jetzt, da ich doch das Schicksal meines Mannes zu gestalten hatte. Ich konnte nicht. Ich erbrach, Übelkeit befiel mich, mein Kopf schien zu bersten und nur mit Mühe gelangte ich wenigstens zu meiner Freundin, in der Nähe des Gerichtsgebäudes.

Sie erschrak, als sie mich erblickte, führte mich rasch ins Zimmer, zog mir die Schuhe aus, legte mich ins Bett. Sie rief meinen Bruder, der Arzt war, und sie überredeten mich gemeinsam, nachhause zu fahren und morgen zu kommen. In einem solchen Zustand könne ich sowieso nichts erledigen.

Sie mussten mich nicht zwingen. Ich fühlte es allein, ich sah es sogar, ich konnte nichts dagegen tun. Ein schreckliches Gefühl übermannte mich, als ich in Momenten der Entscheidung zusammenklappte und weiterer Schritte entsagen musste. Das erste Mal in meinem Kampf um meinen verhafteten Mann. Ich beschloss, mich noch ein wenig auszuruhen und um fünf Uhr nachmittags mit dem Zug heimzufahren. Warum wollte ich eigentlich mit dem Zug fahren, wenn ich für meine Reisen nach Modra sonst doch den Bus benützte?

Todmüde stand ich in der überfüllten Strassenbahn, im Winkel, an die Wand gedrückt. Ich sah, dass sich jemand zu mir drängte. Meine frühere Mitschülerin, Elena, eine hohe mächtige Frau, die sich den Weg zu mir bahnte. Hie und da stiess sie auch ein Schimpfwort aus, als man ihr nicht rasch genug weichen wollte.

,,Mädel, Du bist ja so blass, komm lehn Dich an mich an, es wird für Dich so besser sein. Was ist Dir denn heute passiert?" Und ohne die Antwort abzuwarten fuhr sie fort. ,,Und was gibt es neues bei Deinem Mann, hast Du eine Nachricht von ihm?"

,,Leider nicht. Weisst Du aber was, Elen, komisch, den Kindern ist mit einem Mal eingefallen, dass uns der heilige Nikolaus den Vater nachhause bringen wird."

,,Dann ist das doch nicht mehr so weit!", sagte sie hoffnungsvoll, als ob sie selbst fest daran glauben wollte.

,,In zwei Tagen haben wir Nikolo."

Sie nahm mich bei der Hand, um mir beim Aussteigen zu helfen und auch auf der Treppe zum Bahnsteig bot sie mir ihren Arm. Ich suchte sie zu überzeugen, es gehe mir schon viel besser, dass mein Zustand das Resultat meiner Erregung war, doch sie gab nicht nach und schob mich die Treppe empor, als ob ich eine ältere Dame und nicht ihre Schulkollegin gewesen wäre. Plötzlich blieb sie stehen.

,,Lyda, dort steht Dein Bruder!"

Tat der aber übertrieben. Warum kam er wohl zum Bahnhof? So schrecklich bangte er um meinen Gesundheitszustand? Und neben ihm stand Magda, seine Frau. Beide hatten ein verlegenes, breites Lächeln aufgesetzt, wahrscheinlich, um mich nicht zu erschrecken.

,,Was ist geschehen?", fragte ich erschrocken, und als ich Elen loslassen wollte, merkte ich, dass sie inzwischen unmerklich verschwunden war.

Gott, oh Gott, meine Augen!

Hinter Magdas Rücken drängte sich langsam eine Gestalt vor. Mein Mann.

LV.

Als ich in Modra wohnte, kam es nie vor, dass meine Kinder in meiner Abwesenheit nicht versorgt worden wären. Meine Nachbarin, eine Frau, die drei eigene Kinder hatte, holte sich immer auch die meinen dazu. Nie hatte ich das Gefühl, meine Kinder wären ihr zur Last gefallen, so selbstverständlich sorgte sie für sie. Es war eine einfache Frau und herzensgut zu uns allen in unserer Not. Sie tat das aus Güte, aus Anständigkeit, in Erfüllung ihrer menschlichen Pflicht. Mag sein, dass sie die Gelegenheit oder die Situation so erfasste, wie sie war und tat, was viele nicht getan hätten. Ihr Mann war ein Deutscher, der in die Wehrmacht, in die Waffen-SS eingezogen wurde, bei dem jedoch das Doppel-S so zu seinem Gesicht und zu seinem Gefühl passte, wie eine Geschwulst zu einem schönen Frauengesicht. Beide umwarben meine Kinder in menschlicher Liebe und keines von ihnen hatte je das Gefühl, es sei nur geduldet und kein volles Mitglied dieser harmonischen Familie. Hier fanden sie in Momenten, die ich ausserhalb der Stadt verbringen musste, ihr zweites Heim. Dort wurden sie gefüttert, gebadet und wenn sie weinten, aus Angst, dass ich abends nicht zurückkehren könnte, sass die Nachbarin bei ihnen in meiner Wohnung und wartete, bis ich zurückkam. Sie wusste, dass ich in Bratislava keinen Freuden nachging, sie fühlte, ja, sie litt mit mir.

Eine goldige Frau, die ich nie vergessen werde.

Wir kamen in Modra an. Ich führte meinen Mann an der Hand. Ich hatte das Gefühl, er benötigte die Stütze, denn nach zweieinhalb Jahren Einzelhaft macht man nicht nur so einfach allein die ersten Schritte ins Leben. Man hatte ihn ja immer mit verbundenen Augen geführt, wie ein Blinder stieg er die Treppen zum Verhör und in die Zelle zurück.

Im Zug hatten uns die Leute angeschaut. Man musste ihnen wohl nicht näher erklären, das Gefängnis prägte das Gesicht meines Mannes.

Draussen war es brennend kalt, der Frost drang durch die Knochen und mein Mann war im leichten Frühlingsmantel, als machte er das dem Winter zum Trotz. Sein Blick, ja sein Blick war der Spiegel der letzten Jahre. Dieser schrecklich traurige, erschrockene Blick!

„Mami, was wird mit mir sein?"

„Nichts! Jetzt wird nichts mehr sein, Du bist zuhause, und das ist es."

„Wie lange werden sie mich zuhause lassen?"
„Wie lange, wie lange! Ständig. So wird das jetzt gemacht. Man hat Dich einfach in Freiheit gesetzt."
Ein bitteres Lächeln voller Zweifel huschte über sein Gesicht.
„Und wann werden sie Dir den Prozess machen?"
„Ich weiss nicht, ob einer stattfinden wird. Und wenn, dann wird es bloss eine Formalität sein."
„Nein, sie werden mich sicher verurteilen. Man wird mich doch nicht so frei herumlaufen lassen. Sie müssen mich anklagen und verurteilen, sonst gäben sie zu, dass sie falsch gehandelt haben."
Ich konnte ihn von seinen Gedanken nicht abbringen. Wie sollte er denn die Situation erfassen? Konnte man das überhaupt?

LVI.

Man führte den Mann, den Vater, den Familienernährer am hellichten Tag hinweg, warf ihn ins Gefängnis, er wurde dort jahrelang in Einzelhaft gehalten in einer Zelle ohne Tageslicht, man plagte ihn durch unendliche Verhöre, ein Referent übergab sein Opfer dem anderen, sie machten aus einem Menschen, einem Bürger, ein Obejkt, sie quälten ihn und marterten ihn abermals durch endlose Verhöre, stehend und hungerleidend, und wenn das arme Opfer endlich den Abend erlebte, wurden die Referenten ausgetauscht und das Verhör ging weiter, abends, nachts, bis in die Morgendämmerung hinein. Und wenn das Opfer noch denken konnte, dachte es an die Erlösung, die nun kommen musste. Aber das Opfer dachte nicht, es wiederholte nur stereotyp die Aussage über seine Schuld, es antwortete auf eine noch nicht ausgesprochene Frage. Und statt der Erlösung kam ein neuer Referent und das Rad rollte unheimlich weiter, weiter, weiter, bis in die unergründliche Tiefe hinein. Aus ihr herausgerissen, wiederholte die erstarrte Zunge Namen aller Doktoren, die dem Opfer bekannt waren und am Ende des Namensverzeichnisses angelangt, begann man von neuem aufzusagen, was man schon zehnmal geplappert hatte.

Wie sollte da ein Mensch erfassen, dass er nun frei war, nach zweieinhalb Jahren ständiger Qual, nach einer Zeit, in der er kein lebendes Wesen erblickte, ausser den Referenten und seinen Handlangern. Nicht ein einziges Mal wurde er an die frische Luft geführt. Sein Spaziergang war der Weg von der Zelle zum Verhör, vom Verhör zur Zelle, um den Rest der Zeit in seinem Bunker von Ruzyn zu verbringen.

Ruzyn war kein gewöhnliches Gefängnis, es war etwas Besonderes, Modernes, noch von den Nazis geplant. In der Zelle war ein WC, fliessendes Wasser, nachts wurde das „Bett" aus der Wand gehoben, um tagsüber zu verschwinden, und einem Deckel aus Blech, der zum Stuhl wurde, das Erscheinen zu ermöglichen. Und das alles wurde von einer unsichtbaren Hand geleitet.

Wie konnte das ein Opfer verstehen, nach wochenlangen, unendlichen Verhören über die unmöglichsten Dinge, über seine zionistische Tätigkeit besonders in Zusammenarbeit mit Mosche Pijade (Titos Stellvertreter), ein Zionist, nur weil er Mosche hiess, über zionistische Verschwörungen im Einklang mit den berüchtigten „Protokollen aus Zion", die als Beweis für die zionistische Weltherrschaft dienen sollten. Wie konnte das ein Opfer verstehen, das tagtäglich mit der Tatsache konfrontiert wurde, dass Thesen der Rosenberg'schen Ideologie den kommunistischen Referenten als Verhörbasis dienten?

Mein Mann konnte das nicht begreifen, auch dann noch nicht, als man ihn „auf Eis" legte, als die Verhöre aufhörten, nachdem man Berge von Papieren, jedes enthielt ein Todesurteil, beschrieb, auch dann nicht, als er zum Warten verurteilt, in der Zelle dahindöste. Auch dann nicht, wenn die Tage ungestört dahinglitten, einer nach dem anderen, Woche für Woche, Monat für Monat in einer Zelle ohne Fenster, ohne Tageslicht. Er wusste nicht, wie die Sonne schien, ob es regnete, ob es schneite, denn für ihn hatte man diese Zelle gebaut, eine dunkle Zelle, nur von schwachem Licht beleuchtet, bei Tag wie bei Nacht.

Wie konnten sich hier Gedanken formen in einem Raum der Hoffnungslosigkeit, ohne Perspektive? Man schien hier lebend begraben zu sein, in einer Zelle, die sich vom Grab durch ein spärliches Licht, seine Form und dadurch unterschied, dass die Tür dreimal täglich geöffnet wurde, um das Essen hineinzuschieben, ein in Kalorien fest bemessenes Essen, einen nicht sterben zu lassen, aber das Hungergefühl stets wach zu erhalten. Die Gedanken verflossen in nichts, und man zählte die Schritte von Wand zu Wand, die Fusssohlen aneinander legend, man machte, was man tausendmal schon gemacht hatte, von eins bis tausend, von tausend bis eins, von...

Und inzwischen ging draussen das Leben weiter. Kinder kamen zur Welt, Menschen starben, Leute heirateten und wurden geschieden, viel wurde über Menschlichkeit gesprochen, die mit beiden Füssen getreten wurde. Das Leben ging weiter. Ein Kind hatte sich den Fuss angeschlagen, die Nachbarin suchte einen weissen Schalter für die Wohnung, und das Leben lief auf vollen Touren, die Menschen genossen es in vollen Zügen, und dort war ein Leben, 6 x 3 Schritte lang, 3 x 3 Schritte breit, und ein nichts, durch eine kleine Glühlampe erhellt.

Und jetzt, im Leben gelandet, sollte man sich auf eigene Füsse stellen und die Lage verstehen.

,,Nein, Vati, zerbrich Dir nicht den Kopf, alles wird wieder gut werden!"

Er schaute mich traurig an, als wollte er sagen: ,,Oh, Du heilige Einfalt!"

,,Du wirst das nicht verstehen, Mami, Du wirst die vergangene Zeitspanne nicht erfassen, darum frage mich auch nicht danach, lass Dir von mir nichts erzählen", brach aus ihm hervor. ,,Man wird mich aber verurteilen, das ist sicher. Sie haben eine Anklage, sie haben Protokolle, und das genügt. Sie werden die Sache nicht nur so ohne weiteres den Weg der Gerechtigkeit gehen lassen."

,,Gut, Tati, sprechen wir nicht darüber, fürchte Dich nicht, es wird alles gut werden. Ich weiss es, Du wirst es auch bald verstehen. Und ich, ich werde nichts fragen."

Ich habe mein Wort gehalten. Das Thema Gefängnis war für lange Zeit aus unseren Gesprächen verbannt.

LVII.

Die Kinder waren tatsächlich bei der Nachbarin. Schon im Hof sah ich, dass es bei uns finster war. Ich trat bei der Nachbarin ein, meinen Mann liess ich draussen. Die ganze Familie sass um den Tisch. Das Nachtessen ging gerade dem Ende zu.

,,Kinder, ratet mal, wen ich euch mitgebracht habe!"

Dan, der immer Grosse, stand auf, ein Glas Wasser, das er gerade an den Mund führen wollte, in der Hand, und schaute mich an. Nach einer Weile fragte er leise, ganz leise:

,,Den Vater?"

In einem Bruchteil der Sekunde raffte er sich zusammen, stürzte hinaus und sprang dem Vater in die Arme. Die Zwillinge stürmten nach und der Vater stand da, wie eine Traube voll herrlicher Beeren.

Ich blieb in der Tür stehend allein. Als ich in die Küche zurückblickte, fand ich sie leer. Die Nachbarin hatte sich mit ihrem Mann ins Nebenzimmer zurückgezogen. Warum denn, warum versteckten sie sich? Es gibt ja Momente, in denen sich der Mensch seiner Tränen nicht zu schämen braucht.

So stand ich da allein, mein Mann von den Kindern behängt. Die Last war bereits verteilt, ich trug sie nicht mehr allein.

Die Kinder liessen den Vater nicht frei, sie hielten ihn, ein jeder wo er gerade seinen Platz erwischte. Sie hielten ihn fest. Mochte sich nun jemand trauen, ihn von ihnen zu reissen! Instinktiv schützten sie ihn mit ihrer Gegenwart und wenn sie auch nur auf eine Weile weggehen mussten, taten sie es ungern und zögernd.

„Warte hier, Tati, ich komm gleich zurück!"

Ich ging in die Küche, wollte das Abendessen vorbereiten, stellte Wasser auf den Ofen und als ich ins Zimmer trat, schliefen die Kinder bereits. Der Vater lag mit ihnen auf dem Bett, die Kinder an ihn geschmiegt. Auch im Schlaf hielten sie ihn fest.

NACHWORT

Ein schwerer Tag ging zu Ende. Eine grausame Etappe meines Lebens lag hinter mir. Der Vater war daheim, doch unser Kampf ging weiter. Für mich fand nun die zweite grosse Prüfung ihr unwiderrufliches Ende.

Mich hat das Leben wie ein Eisen auf dem Amboss geschmiedet.

Ich war siebzehn Jahre alt, als man mich als Jüdin von der Schule verwies. Das war der Anfang. Und jetzt, da ich 31 und mein Mann 40 Jahre alt war, waren wir beide schon wie aus Stahl gemeisselt. Wir konnten nicht so leicht verletzt werden, nur zerschlagen konnte man uns.

Beide wussten wir, was wir nicht wollten. Wir wollten in keinem totalitären Staat leben, wir wollten nicht in einem Staat leben, wo Unrecht herrschte, wo man sich nicht wehren konnte, wo Gewalt und böser Wille regierte. Beide wussten wir heute, mehr denn je, welchen Wert die Freiheit des Menschen hat. Man kann sie nicht nach materiellen Werten messen, sie ist nicht messbar an Geld, Häusern, Möbeln oder Teppichen. Dort, wo Freiheit herrscht, wo Recht gesprochen wird, wo menschliche Würde das höchste Gut bedeutet, wo jeder selbst entscheiden kann, was er zu tun beabsichtigt, wo man nicht nur eine Nummer, ein Objekt der Willkür ist, wo der Mensch Mensch sein kann, dort wollten wir leben.

Eine Epoche der Tragik fand ihr Ende. Nur eine Etappe jedoch und ihr Ende nur für mich.

Die Gefängnisse blieben voll. Prozesse liefen, Urteile wurden gesprochen.

Ich hatte Glück. War es mein Besuch in Prag, der die Dinge ins Rollen brachte, oder war es purer Zufall? Die Antwort darauf konnte ich nicht geben.

Eines ist aber gewiss. Die Sache meines Mannes kam in einer glücklichen Stunde zu Verhandlung. Wessen Sache nicht bald nach Stalins und Berias Tod zu Verhandlung kam, der sass weitere fünf, sechs bis zehn Jahre im Gefängnis. Wer in einer kurzen Zeitspanne, nach dem Tod Berias, als ein gewisses Chaos herrschte, und ein allgemeines Angstgefühl sich des Sicherheitsdienstes bemächtigt hatte vor Gericht stand, der hatte das grosse Los gezogen.

Zu dieser Zeit wurden auch Unschuldige freigesprochen.

Unser Kampf ging jedoch nicht zu Ende.

Der Prokurator wollte keine Anklage erheben, da es an jeglicher Straftat fehlte. Er schlug vor, die Anklage zurückzuziehen. Er wurde gezwungen, Anklage zu erheben.

Mein Mann stand vor dem Kreisgericht. Der Richter, der mit ruhigem Gewissen Todesurteile verhängte oder unschuldige Menschen zu lebenslänglich, zu zehn, fünfzehn oder zwanzig Jahren verurteilte, dieser Richter, mit einer linken Handprothese, sprach selbst in Unsicherheit versetzt, meinen Mann frei.

Zur Verhandlung waren wir, mein Mann, ich und Didus pünktlich erschienen und sassen auf einer Bank vor dem Verhandlungssaal.

Mein Mann wurde hineingerufen, wir blieben draussen sitzen. Jano, der Advokat meines Mannes und unser Freund, kam uns holen und wir konnten den Verlauf ungestört verfolgen. Das war eine neue, in ähnlichen Prozessen unerhörte Sache, denn bislang wurden die Prozesse unter Ausschluss der Öffentlichkeit, nur in Anwesenheit von vorher bestimmten Leuten des Staatssicherheitsdienstes geführt.

Auf dem Tisch des Richters lag ein Berg von Papieren. Das waren die Akten meines Mannes: das alles hatte man zusammengeschrieben, das waren also die Protokolle.

Vor meinen Augen hatte ich die unendlichen Tage, die schlaflosen Nächte, während derer all das zustande gebracht worden war.

Und hier sass nun mein Mann auf der Anklagebank, man nannte ihn „Angeklagter", man sprach ihn an, er stand auf weiss wie die Wand, um auf Fragen zu antworten, die er schon hundert Male beantwortet hatte.

Der Richter machte aus dem Prozess eine Farce, er tat so, als spottete er über die unsinnigen Protokolle, er zog aus der Menge von Papieren die unmöglichsten und schrecklichsten Paraprotokolle heraus, um die Unhaltbarkeit der Anklage zu beweisen.

Er las etwas aus den Akten über die zionistische Tätigkeit des Dr. Gustav Husak, die man von meinem Mann bestätigt haben wollte, er las über die Zusammenarbeit von Mosche Pijade, dem Vizepräsidenten Jugoslawiens mit meinem Mann, er murmelte die schrecklichen Aussagen des Innenkommissärs Okali vor sich hin, beim Sicherheitsdienst zusammengestellt, die dann beim Prokurator ins Protokoll übernommen, vom Innenkommissär selbst entkräftet wurden.

Er las Beschuldigungen immer nur bis zur Hälfte und dann

murmelte er den weiteren Text, um mit den Worten „und so weiter, und so weiter" die Aussageverlesung zu beenden. Er tat das mit Ekel, ob gespielt oder echt blieb mir jedoch unklar.

Objektiv genommen, konnte es ihm, dem Juristen, zu dem er wieder geworden war, nicht schwer fallen. Er hatte ähnliche Anklagen schon öfters verhandelt, heute jedoch aus einer ganz anderen Sicht. Er las Beschuldigungen, deren Basis ganz abstrakt war. Er sagte etwas über Hochverrat, über die Zusammenarbeit mit fremden Agenten, über ein zionistisches Komplott in Übereinstimmung mit imperialistischen Banden von Verschwörern, deren Ziel es war, die Volkswirtschaft lahmzulegen, das sozialistische Regime zu stürzen und dem Kapitalismus zum Sieg zu verhelfen.

Die Protokolle waren voller Phrasen, niedriger Schimpfworte, von Wutausbrüchen untermalt ohne auch nur eine einzige Straftat anzuführen, die sie auch nur im Geringsten belegen konnten. Denn alles basierte nur auf der Annahme, dass der Angeklagte Straftaten begehen wollte.

Wie, wann und wo, das blieb der Vorstellungskraft des Richters überlassen.

Es ging um einen Hochverratsprozess. Schrecklich in seinen Folgen vor einem kommunistischen Gericht. Das Urteil konnte auf „Todesstrafe" lauten.

Doch keine Zeugen wurden verhört, sie wurden auch in der Anklageschrift nicht angeboten, kein Beweismaterial vorgelegt, kein Gutachten abgegeben. Alles beruhte nur auf den Protokollen, die in Ruzyn zusammengeschrieben wurden. Und es wurde mehr als zwei Jahre Tag und Nacht fleissig verhört und geschrieben.

Und damit dachten die Ankläger auszukommen. Vor e i n i g e n Monaten hätten sie auch ihr Ziel erreicht.

Armer Stalin! Du hast sicherlich nicht geahnt, dass du gerade zur richtigen Zeit gestorben bist. Wenigstens zu meinem Mann hast du dich gut benommen!

„Angeklagter, was haben Sie dazu zu sagen?"

Was sollte er sagen, konnte er erklären, dass alles eine Lüge sei? Dafür war die Zeit noch nicht reif.

Auch diese Zeit kam, aber noch nicht jetzt, darauf mussten wir noch zehn Jahre warten.

„Nur soviel", hörte ich meinen Mann sagen. Die Protokolle geben nicht meine Aussagen wieder, nicht ich habe sie zusammengestellt."

Der Richter lächelte amüsiert, warf m i r einen verstohlenen Blick zu, als wollte er sagen „Na, wie bin ich?"
Er legte die gelesenen Protokolle zu dem Papierberg, den die Referenten, gut bezahlte Referenten, in zweieinhalbjähriger mühseliger Arbeit aufgetürmt hatten.
„So, das hätten wir also."
Im Publikum sassen nur wir zwei, Didus und ich.
Und ich wollte immer nur eine Mutter sein, ein kleiner Mensch in der menschlichen Gesellschaft. Nie wollte ich aus der Reihe tanzen, denn das war seit eh und je meine Leitlinie, dieses Gefühl wurde mir zur Eigenschaft.
Meine Lehrerin, der Klassenvorstand, machte zum Jahresschluss, als sie sich von der Klasse verabschiedete, ihre Wertungen bekannt und charakterisierte einen jeden Schüler, Namen nach Namen, wie sie in ihrem Klassenbuch standen. Ich war am Ende des Alphabets und als ich nun endlich an die Reihe kam, blickte die Lehrerin erstaunt über ihr Augenglas und rief „Lyda!?" „Interessant. Was kann ich über Dich sagen? Ich hätte fast vergessen über Dich etwas zu sagen. Man bemerkt Dich erst, wenn Du abwesend bist, da fühlt man, dass etwas fehlt. Du bist ein interessantes Wesen, Lyda. Man Hört Dich nicht, man sieht Dich nicht und doch spürt man: es ist gut, Dich hier zu haben!"
Und diese Lyda musste jahrelang unter falschem Namen leben, musste Gefängnisse besuchen, sie wurde sogar gezwungen im Gerichtssaal zu sitzen, inmitten leerer Stühle, mit Didus allein. Und den Rücken mir zugekehrt, stand mein Mann vor Gericht.
„Der Angeklagte wird freigesprochen", ertönte es bei der Urteilsverkündung.
Der Prokurator, der menschliche, der die Anklage zurückziehen wollte, legte auf Anweisung des Staatssicherheitsdienstes in Prag Berufung ein.
Nach einem Jahr wurde mein Mann beim Obersten Gericht in Prag im Appelationsverfahren zu drei Jahren Kerker verurteilt.
Eins muss man jedoch dem „löblichen" Obersten Gericht zugutehalten. Sie hatten die Strafe so bemessen, dass es gerade so ausgehen sollte. Zweieinhalb Jahre hatte mein Mann schon gesessen, ein halbes Jahr fiel unter eine Amnestie.
Nach der Revolution des Jahres 1956 in Ungarn begannen die erschrockenen Organe abermals Prozesse vorzubereiten. Sie nahmen auch die Gerichtsprotokolle in Sache meines

Mannes zu sich, wollten eine Wiederaufnahme anstreben und taten alles, um ihn wieder ins Gefängnis zu bringen.

Zum Glück wussten wir nicht, was da vorging, denn unser Leben wäre wieder schrecklich gewesen. Als uns ein Bekannter, der in des Löwen Höhle sass, mitteilen liess, wir könnten beruhigt schlafen, wussten wir, die Akten waren nicht beim Gericht, sie waren abermals dort, von wo sie ausgegangen sind.

Im Jahre 1964 wurde mein Mann rehabilitiert. Das Rehabilitationsurteil des schon ,,neuen" Obersten Gerichtes enthielt einen Satz, dessen Verewigung vielleicht für die Beurteilung sozialistischer Legalität lehrreich sein könnte.

,,Das Oberste Gericht hatte sich nicht die Mühe genommen um festzustellen, ob die Tat, welcher der Angeklagte beschuldigt wurde, überhaupt eine Straftat war!" Sic!

Doch nun standen wir abermals vor schweren Problemen. Wir wollten die Tschechoslowakei verlassen.

Legal ging es nicht. Über die Grenze flüchten konnte man nicht, Minenfelder und Drahtverhaue machten es unmöglich. Die einzige Möglichkeit war, irgendwohin zu reisen, von wo die Flucht einfacher war.

Wir suchten um eine Urlaubsbewilligung an, um nach Ungarn und nach Jugoslawien zu reisen. Es war uns egal, wohin uns die Bewilligung erteilt wurde.

Mein Mann wollte nichts mit der Polizei zu tun haben. Ich beeilte mich daher selbst, alle Formulare zu besorgen, sie auszufüllen und einzureichen.

Wir lebten weiter, als ob wir die bodenständigsten Bürger wären, bereiteten jedoch unsere Flucht vor.

Die Zeit voller Erwartung ging vorbei, und ich stellte mich in die lange Reihe Wartender, die um ihre Ausreisepapiere baten und sie erhielten. Schliesslich kam auch ich an die Reihe. Voller Erwartungen übergab ich die fünf Nummern, die als Kennzeichen dienten, und ersuchte um meine Reisebewilligung. Lange Minuten des Suchens. Die Beamtin blätterte in einem Buch und entdeckte plötzlich fünf l e e r e Posten dort.

Unser Ansuchen wurde abgewiesen.

Gewöhnt an Schocks stand ich da, doch ich fühlte, wie es mir kalt über den Rücken lief.

Abgewiesen werden bedeutete nicht, du würdest nicht reisen. Nein. Nicht in einer kommunistischen Diktatur. Das konnte unglaubliche und schwere Folgen haben.

Einige Tage war ich verzweifelt und geistig gelähmt. Doch

dann ging ich abermals in des Löwen Höhle, zur Passabteilung des Sicherheitsdienstes. Diesmal drängte ich mich bis zur Tür des Abteilungsleiters vor.

Ich stellte mich vor. Ein leichtes Lächeln flog über das Gesicht des Genossen, es war mir klar, dass er genau wusste, mit wem er es zu tun hatte. Ich wusste nur nicht, ob das ein Vor- oder Nachteil war. Würde das, was ich zu sagen hatte, einen Eindruck auf den Genossen machen?

,,Ich kenne Ihren Fall, Genossin'', sagte er und bot mir einen Stuhl an. ,,Sie wissen es, genauso wie ich, dass ich Ihnen keinen Pass geben kann, für die ganze Familie, nachdem Sie so eindringlich um die Auswanderung angesucht hatten.'' Er lächelte dabei verschmitzt, doch schien es mir, nicht feindselig.

,,Ich weiss'', war meine Antwort. ,,Ich wollte auswandern. Ich fliehe nicht vor dem Sozialismus. Ich wollte auswandern, damit meine Kinder in der Zukunft nicht aus der Reihe stehen, wie ich es erlebte. Diejenigen, Genosse, die aus der Reihe gedrängt werden, über die stolpert ein jeder. Ich will nicht, dass man über uns stolpert. Verstehen Sie? Ich wollte auswandern, ich suchte darum an. Ich wurde abgewiesen. Dabei sagte man mir, ich müsse keine Angst haben, nie mehr würde mir ein Unrecht geschehen. Mein Mann wurde rehabilitiert und, es wurde ihm versprochen, das jedes Unrecht wiedergutgemacht würde. Ich will nicht darüber reden, wieweit ich diesen Äusserungen Glauben schenke, meine Schule des Lebens hatte mich Zweifel gelehrt. Und siehe da! Wir baten um eine Ausreisebewilligung nach Jugoslawien, um den Urlaub dort zu verbringen. Wir taten das, was Tausende anderer nach gut getaner Arbeit auch tun...Und ich stand vor dem Schalterfenster. Jeder vor und nach mir bekam die Erlaubnis, nur ich nicht. Das soll also die Gleichberechtigung sein? Oder ist das eine Strafe dafür, dass ich nach Israel wollte? Ist denn das eine Straftat oder sollen wir das bloss Diskriminierung nennen, Genosse? Auch vor dem Fenster wurde nur ich aus der Reihe gewiesen.''

Man schrieb das Jahr 1966 und neue Winde wehten schon. Der Genosse Vorsteher beruhigte mich, er werde die Dinge nochmals behandeln, er werde die Sache beraten und tun, was in seiner Macht sei.

Fünf Tage darauf ging ich zufällig am Reisebüro CEDOK vorbei und stellte mich nur so, aufs geratewohl zum Schalter.

Dort stand dieselbe Beamtin, öffnete dasselbe grosse Buch,

blätterte und überreichte mir 5 Dokumente, die meiner ganzen Familie die Ausreise nach Jugoslawien ermöglichen.

Mein Jubel war gedämpft, denn ich wusste, jetzt warteten schwere Tage auf mich. Wir würden versuchen zu fliehen! Flucht, das war ein neues Blatt in meinem Leben. Würde sie erfolgreich sein oder zum Untergang führen? Ich wurde schon deportiert, ausgebombt, ausgebrannt, delogiert und disloziert.

Über Grenzen bin ich noch nicht geflohen.

Nach Jugoslawien kamen wir fünf Mann hoch mit Tausenden anderer Touristen. Wir hatten jedoch eine Telephonnummer, eine Nummer, die uns in die Freiheit verhelfen sollte.

In Beograd riefen wir die Nummer an. Mutig ging ich dem Rendez-vous mit einem Unbekannten entgegen, er sollte uns über die Grenze bringen.

Als ich aber den Verbindungsmann gesprochen hatte und erfuhr, dass mein Mann mit Dan in einer Woche, am 3. September über die Grenze gehen werde und ich mit den Zwillingen drei Tage später in eine andere Richtung, wurde ich schwach und brach seelisch zusammen. Ich fühlte plötzlich eine Leere, unfähig auch nur ein Wort zu sagen.

Nach einigen Tagen des Schweigens fand ich mich plötzlich auf dem Kreuzweg. Ich dachte an die Vergangenheit und erschrak vor der Zukunft. Die Vergangenheit lag zwar in ihrer schrecklichen Tragweite vor mir, doch die Zukunft hatte sich in unheimliche Formen gehüllt. Und dabei war i c h die treibende Kraft, die in die Freiheit steuerte und jetzt hatte ich Angst, dass die Realisierung den Untergang bedeute. Vor mir stand eine Wand, sie sprach mich nicht an, nur Angst löste sie aus. Ich hoffte auf ein Zeichen von oben und nichts kam. Ich hatte Angst und schwieg. Und schweigen, immer nur schweigen tat weh.

Wir wohnten auf einem Campingplatz und warteten auf unsere Zeit. In zwei Tagen war unsere Ausreisefrist vorbei. In drei Tagen begann der Schulunterricht und man würde feststellen, dass unsere Kinder fehlten. Und wir sassen noch in einem sozialistischen Land!

Die Spannung liess nicht nach. Meine Nervosität sprang auf alle über. Ich wurde mit einer solchen Intension von Schrecken erfasst, dass ich zu handeln begann, als mein Mann eines Morgens kreidebleich ins Zimmer kam.

„Mami, draussen stehen zwei Männer und schauen sich um. Vielleicht verfolgen sie gerade uns!"

Ich wusste es sei ein Unsinn, aber die Angst, der Verfolgungswahn, das war kein Unsinn.

Da wusste ich, die Würfel waren gefallen.

Ob wir nun den richtigen Weg gingen, wusste ich nicht, aber den einzig möglichen, das war für mich nun klar.

In Israel, auf dem Flugplatz in Lod, trafen wir uns wieder.

Mein Mann zog einen Schlüssel aus der Tasche und fragte die Kinder „Wisst ihr, was das ist?"

„Wirf ihn weg, den Wohnungsschlüssel", sagte Durko. Kinder lieben keine Sentimentalität, sie haben recht, das hilft ihnen besser, Probleme zu überwinden.

Der Schlüssel. Das war das einzige, was wir mitgebracht hatten, der Ausdruck unseres Eigentums, das Resultat unserer und unserer Vorfahren Arbeit.

D a s hatten wir nach 2000 Jahren in unsere Heimat zurückgebracht.